執着心薄めのイケメンが改心して、溺甘スパダリになった話。

桔梗 楓

Kaede Kikyo

EB

エタニティ文庫

目次

執着心薄めのイケメンが改心して、
溺甘スパダリになった話。

プロローグ

クリスマスといえば、家族や友達、恋人達が、思い思いの場所で楽しむ日だ。

ゴーン、ゴーンと、近くの教会で鐘の音がする。今日はクリスマスなので、ミサを執《と》り行《おこな》っているのだろう。

「あたし達、別れましょう」

華やかな街。賑やかな雑踏。キラキラと夜を彩《いろど》るイルミネーション。

世間は浮かれ気分だというのに、俺――御影知基《みかげともき》は、付き合っていた彼女から突然別れを切り出された。

(ああ、こういうのってなんと言ったっけ。中学生くらいのころ、授業で習ったような)

ゴーン、ゴーン。

無機質に響く鐘の音。目の前の女性が別れを口に出しても、俺の心はまったく動かなかった。なぜなら、いずれ別れるだろうと予感していたから。

「祇園精舎《ぎおんしょうじゃ》の鐘の音――」

「は？」

「あ、いや、気にしないで」

――諸行無情《しょぎょうむじょう》の響きあり。

祇園精舎の鐘の音には、この世のすべての現象は絶えず変化していくという響きがある。意味はそんなところだ。うん、思い出せてよかった。

「別れるんだね。了解。それじゃお世話になりました」

ヒラヒラと手を横に振って、俺はきびすを返して帰ろうとする。するとグイッとコートの袖《そで》を掴《つか》まれた。

「ちょっと、なによその態度。あんまりじゃない!?」

「え、だって別れたいんだろ？」

「それは……っ、だって、知基が悪いんじゃない。私はずっと待ってたのよ。このクリスマスのデートできっとプロポーズしてくれるって信じていたのよ。なのに、あなたは何も言わないじゃない！」

恋人だった彼女の表情は、悲しみと怒りで溢《あふ》れていた。

別れ際の恋人は、いつだってこんな顔をしている。

俺になにを期待していたのだろう。ああ、わかっている。わかってはいるんだけどね。

「最初に言っただろ。俺は結婚する気ないよって。それでいいと言ったのは君じゃないか」

　パン！

　明るいムード満載の街のど真ん中で頬を叩かれ、いきなり修羅場《しゅらば》となる。

「最低……っ！」

「なにが最低なのかわからない。付き合ったら、俺が心変わりすると思ったのか？」

　ひりひりする頬に手を当てながら、無表情で尋ねる。

「せっかく、付き合っている時は楽しかったのに。こんなふうに終わって残念だよ」

　俺との付き合いに飽きたら、笑って「じゃあ解散！」って感じで別れてくれたらいいのに。どうして別れ際はいつも湿っぽくなるのだろう。そして、俺に怒りと悲しみの視線を向けてくるのだろう。

　何度女性と付き合っても、そのあたりがわからない。

「別れようって言ったのはそっちなんだから、これ以降はメールや電話しないでね。ほら、次の彼女ができたら、その子に悪いしさ」

　にっこり笑って言うと、恋人だったけど今は他人になった女性が、わなわなと唇を噛みしめて俺を睨《にら》み、グルッと背を向けて走り去っていく。

「はあ、めんどくさ」

おっと本音が出てしまった。でもしょうがない。

こんなだから、俺は友人でもある同僚の保田《ほった》から呆《あき》れられているんだろう。

第一章

俺が勤めているところは、株式会社トピカルシード。

野菜や鑑賞花など様々な種子の研究を手がけており、その成果を業者に卸《おろ》している。

俺は営業部で、主に販売ルートの開拓が仕事だ。

正月休みが明けた初日の出勤。さすがに皆、気だるそうである。

俺も例に漏れず、デスクについた途端にふわあと生あくびをした。

「あけましておめでとーさん」

隣のデスクについた保田が声をかけてくる。俺は顔を上げて「おう」と返事した。

「あけましておめでとう」

「ところでクリスマスデート中に修羅場《しゅらば》して別れたんだって？」

「どこから聞いたんだよ。情報早すぎ」

はあ、とため息をついた。同僚の保田定義《さだよし》とは、今のところ一番気があっているので、

「正月休みの間に、メッセージアプリの一部のグループ内で広がったんだ。総務部の仁《に》科《しな》さんだろ。彼女が自《みずか》ら言いふらして、主に総務部の女性社員達に慰《なぐさ》められていた」

俺はため息をついて、頭を抱える。

「なんでそういうことするかね～。社内で俺の評判が悪くなるじゃないか」

「今更だろ。『結婚しない王子様』」

保田がくすくす笑う。俺は「やめてくれ」と渋面《じゅうめん》になった。

そのあだ名は、主に女性社員の間で広まったものだ。個人的に大変不愉快である。

相貌《そうぼう》が整っているというのは、得なのか、損なのか。自分の顔は嫌いではないし、この顔で得したこともあるので、まあ損ばかりというわけではないだろう。

代々政治家というご大層な血筋を持つ父と、世界的ファッションデザイナーの母の間に生まれた俺は、たいそう裕福な家庭ですくすく育った。

持ち前の素材――顔の良さを生かし、小学生から大学卒業まで母のブランドで専属モデルを務めていたから、貯金はそれなりにある。

けれども俺は自分で言うのもなんだけど、割と質実剛健《しつじつごうけん》というか、贅沢《ぜいたく》にあまり興味がなかったので、貯金だけはやたらある一般市民だ。老後は安心なので、特に将来に悲観はしていない。

頻繁に飲みに行く仲だ。

こんなふうだと、さぞ人生勝ち組なのだろうと、うしろから石でも投げられそうなのだが、俺は俺で切なく悲しい事情がある。

よくある話だ。両親には愛がなかった。ふたりの愛の結晶であろう俺に対しても、特になかった。

愛を知らぬ子供は、割と高確率でひねくれる。俺もそう。こんな感じに育ってしまった。

父は世間体というのをやたら気にする人なので、自分のコネで俺を有名大企業に就職させようとしたのだが、断固拒否した。あのおっさんが敷いたレールに乗るなんてまっぴら御免《ごめん》である。俺は自力で就職活動を頑張ってこの会社に落ち着いた。父は息子が自分の思い通りにならないのが不満そうだったが、トピカルシードは日本を代表する種苗《しゅびょう》会社で、規模も大きい。一応彼のお眼鏡に適《かな》う大企業だったため、俺を操り人形にするのは諦《あきら》めたようである。

母は……なんというか、ビジネス脳な人だ。俺に対する態度も、息子というよりは契約した専属モデルを相手にするような感じである。めちゃくちゃドライな人なので、ある意味、父よりも付き合いやすい。彼女のブランドの専属モデル契約は終わったが、今も時々、ピンチヒッターのような感じでモデル依頼がくる。報酬《ほうしゅう》は破格なので、俺にとっては臨時収入としてありがたく仕事させてもらっている。トピカルシードは副業O

Kだから、社則も問題ない。

まあ、こんな感じで、顔と経歴だけを見れば、俺は最上級のステータスを所持しているわけで……。自分で言うのもなんだが、女性にモテる。

同業者だったモデルさん、女優さん、アイドル歌手。高校の同級生、大学の先輩、後輩、会社の人。付き合った女性はなんともバラエティ豊かだ。アイドル歌手と付き合った時は週刊誌に載ってしまい、あの時ばかりは、両親に叱《しか》られた思い出がある。もちろんふたりは、息子が心配……などではなく、世間体を守りたいだけなのだが。

ともかく、色々な女性と付き合ったものの、そのどれもが、長続きしなかった。

そして、今の会社でついたあだ名は『結婚しない王子様』だ。

見た目がよくて、お金も持っている。だが、結婚の約束だけは頑《かたく》なにしない。

女性は、すべてがそうというわけではないが、結婚願望の強い人が多い。だから、付き合って一ヶ月も経つと、さりげなく結婚の話をされる。俺はそのたび結婚するつもりはないと断るのだが、付き合っていればいつか心変わりすると期待して、何度も説得される。そして俺は断る。

不毛なやりとりをしばらく続けていると——やがて、女性のほうが根負けして別れを切り出すのが定石《じょうせき》だ。先月のクリスマスの時みたいに、だいたい半ギレである。頬を叩かれることも初めてではない。

「なんで、結婚したいんだろうな」

朝礼前。思わずぼやくと、保田が笑う。

「そりゃ、死ぬまで幸せになりたいからだろ」

「俺に言わせれば、結婚は幸福の確約ではないんだけどな」

そう言った時、今年最初の朝礼のチャイムが鳴った。営業部長が席を立ち、俺達も倣《なら》う。

夫婦だから幸せという方程式は成り立たない。

うちの両親は、メディアの前では愛妻家と良妻賢母《りょうさいけんぼ》を気取っていて、息子の教育にも熱心。絵に描いたような理想の家庭として広く知られている。

だが、その実、両親にはそれぞれに愛人がいた。週刊誌にも気取《けど》られないほど、鮮やかに隠しきって、お互い好きなように生きている。

俺は複数のベビーシッターに育てられて、親から教育を受けたことはなかった。

……ふたりは、どういう経緯で結婚したのだろう。最初こそ、愛はあったのかもしれない。

しかし、愛はうつろいやすい感情なのだろう。だから『結婚こそが幸せ』という考えが、俺には理解できない。だから結婚はしたくない。婚姻届という紙切れで、俺の人生を縛られたくない。

もしかすると、女性にとって結婚とは、幸せの確約というより営業の契約に近いのかな。

営業が契約書を頂いて達成感を覚えるように、女性は婚姻届という契約書で達成感を味わうのかもしれない。

退屈な朝礼が終わって、仕事開始だ。年始なので、主に卸売業者《おろしうり》や契約農園への挨拶《あいさつ》回りである。

営業においても、持ち前の顔の良さは武器のひとつだ。幼少時から他人に囲まれて育ってきたので、愛想良く振る舞うのは得意である。

お昼を過ぎるころには営業担当先への挨拶《あいさつ》回りを終えて、会社に戻った。

「ただいま帰りました……」

「おかえりなさい。そしてあけましておめでとうございます！」

営業部フロアの扉を開けた途端、やたらテンションの高い声が迎えた。

「げっ、当眞《とうま》！」

ズサッと後ずさった。目の前には、トレードマークの黒縁眼鏡をかけた、白衣を羽織った女性。

当眞汐里《しおり》。彼女はウチの種苗《しゅびょう》研究室で働く研究員だ。そして、今のところ俺が最も苦手としている女性である。

彼女は嫌がる俺の近くに寄ってきて、犬のようにくんくんと鼻を鳴らした。

「匂う。匂いますね」

「な、なんだよ。別に匂わないぞ」

「いいえ、匂う！　この匂いは、ひよの農園さんから頂いてきたであろう新種の花の匂いです。『トウマよ、ワタシを研究しておくれ～』って、呼んでいる声が聞こえませんか」

「聞こえるわけないだろ！」

思わずツッコミを入れた。

当眞は、うちの社内では有名人である。大学院卒で、めっぽう頭がいいらしいが、とにかく言動が個性的なのだ。しかし研究にかけては彼女の右に出るものはいないと言われている。

これまでも、画期的な品種改良や高品質な種子を作り出すことに成功している実力者なのだ。

社長すら一目置いているほどの研究員らしいが、俺にとっては単なる変人である。

当眞は俺に向かってニッコリ微笑むと、サッと手を差し出した。

「というわけで御影さん。お正月ですし、お年玉を下さい」

「当眞は大人だろ。お年玉はあげません」

「そこをなんとか！　四の五の言わず、農園でもらってきた花を下さい」

当眞は、まるでお代官様に頼み事をする庶民のように「ははあ〜」と両手を出して頭を下げた。

俺はため息をつく。

ふざけているように見えて、当眞はいつも大真面目だ。

しかし、彼女と話していると疲れる……。諦《あきら》めて、ビジネスカバンを開けた。当眞の目がきらきら輝く。

好意であれ悪意であれ、他人が俺を見る時はいつもこの顔だ。しかし当眞は俺の顔よりも新種の花や野菜の入ったカバンのほうばかりを見ている。

いつも、なぜか、ちょっとだけ、おもしろくない。

契約農園では、うちが品種改良した種子で作物を育てている。しかし時々、偶然が重なってまったく新しい品種ができる時があるのだ。俺達営業は、そういう種子や作物を回収しては研究室に提出する決まりになっていた。

だから、当眞に渡すのは当然なのだが、なんとなく癪《しゃく》に障《さわ》る。今日もさりげなく研究室に寄って適当な研究員に渡そうと思っていたのに、当眞は犬並みに鼻が利くのか、俺が新種を持って帰ってくるたび、自《みずか》ら営業部までやってくるのである。

「はいよ」

しぶしぶ、農園からもらってきた花を渡した。ファスナーつきのビニール袋に入れているのに、どうやって嗅《か》ぎつけているんだ、この変態当眞は。

「はぁ〜っ、やっぱり思ったとおり。この青みがかった百合《ゆり》……間違いなく、偶然が生み出した新種です！　ありがとうございます！」

当眞は花が開くような満面の笑みを見せた。

思わずドキッと胸が高鳴る。やめてくれ。なんで当眞なんかに胸をときめかせなければならないんだ。こういうところも苦手なのだ。変人のくせに、笑顔だけはとびきり可愛いなんて。

「あのさ……」

俺がなんらかの言葉を口にしたその瞬間、当眞はパッと横を向いた。

「吉津《よしづ》さん！　あなた今、国立大学の研究所から帰ってきたばかりですね⁉」

「ひっ、なんでわかるの〜！」

営業から帰ってきたばかりの女性社員、吉津に、当眞がずんずん近付いていく。そして俺の時と同じようにクンクンと鼻を鳴らした。

「ふふふ、匂うんですよ。国立大学独特の、インテリジェンス〜な匂いです」

「そ、そんな匂いしないってば〜！　もう、当眞さんったら変態！」

「私は純粋にサンプル種子が欲しいだけなんです。下さい！」

「うぅ～、どうして私が国立大学に挨拶《あいさつ》しにいって、話のついでにサンプル種子を頂いたことを察知してるのよ～」

吉津は顔を引きつらせながら、カバンからそれを取り出した。

「もう、あとで研究室に持っていこうと思っていたのよ。わざわざコッチまでこなくてもいいのに」

「いやあ、匂いがするとどうにもソワソワしちゃって。研究が手につかなくなるんですよ」

当眞が照れ笑いをする。

「だから、そんな匂いしないってば！」

すかさず吉津がツッコミを入れると、当眞はいたって真面目な顔をして、黒縁の眼鏡をきらんと光らせた。

「いいえ、実はするんですよ。そのうち吉津さんもわかるようになります」

当眞の断言に、吉津が疲れた顔をして額《ひたい》を手で押さえた。

「もはや怖いわ」

ため息をつく吉津。その気持ち、とてもよくわかるぞ。俺もため息をつきたい。

「マッド当眞に狙われる被害者は、日に日に増していくなあ……」

近くにいた同僚達がぼそぼそと小声で話し始めた。

「あの嗅覚《きゅうかく》、犬も超えてるレベルだよな。顔は結構可愛いのに、中身が変態すぎて残念だわ」

その意見にはまったく同感だ。でも、当眞を可愛いって言うな。そういうのに気付いていいのは俺だけなのだ。

……ん、なんでそう思うんだろう？

俺は、いつの間にか自分が酷く不機嫌な顔をしていることに気が付いた。

なんで、こんなにも不愉快なんだろう。

俺が当眞に話しかけようとした時、彼女の視線は別のところに向かっていた。

彼女の目的はいつでもサンプルや新種の種子で、俺は眼中にない。持って帰ってきた人間自体には興味がないと言わんばかり。

いつもそう。当眞の目に映るのは研究対象だけなのだ。

別に悪いことじゃない。研究熱心なのはいいことだ。会社への貢献にも繋がるし、研究者として当然の態度と言える。

だが、俺の自尊心は微妙に傷付いた。俺自身に興味はないのかと問い詰めたくなってしまうのだ。

なぜだろう？　わからない。

答えが出ないものを考えるのは時間の無駄だと、いつもはそう考えて気持ちを切り替える。

考えても仕方がないと、思考自体を切り捨てる。

それなのに今日はどうしてだろうか、そんな気になれなかった。

いや、今日が初めてじゃない。しばらく前から、俺はそうだった。

相手は種の匂いを嗅《か》ぎ分ける変人なのに。初めて会った時からそうだったのに。日に日に彼女を気にしているような気がする。

新種の種や苗を持ち帰っていなければ、営業部に寄りつきもしない彼女の態度に、勝手に腹を立てているのだ。

その理由は――いまだ、見いだせずにいた。

「それはさ、そろそろ自分のやってることの虚《むな》しさに、気付いたからじゃねえの？」

その日の夜。会社帰りに寄った居酒屋で、保田が枝豆を口に放り込みながら言う。

「虚《むな》しさ？」

焼酎ロックを飲み、俺は首を傾げた。

「いろんな女と付き合っても、一度として長続きしたことはないし、お前自身は結婚願望もない。そんな時に、当眞みたいに研究バカで異性にまったく興味を示さない女を見てしまって、自分のやっていることがまったく無意味だと理解したんだよ」

「……なるほど」

保田の言っていること、なんとなくわかる気がする。

俺に結婚したいという気持ちがない限り、その願望がある女性と長続きしないのはわかりきっている。そういう女をとっかえひっかえして遊ぶよりも、当眞みたいに自分のやりたいことをやって生きたほうがずっと幸せになれるのではないか。

俺は別に、常に女の子と付き合いたいわけではない。

ただ、誘われたら基本的に断らない。そういうスタイルでいるだけだ。

でも結婚しないまま、ずるずる女と付き合うっていうのは、なかなかに不毛である。

それならいっそ、ばっさりとすべての誘いを断って、一人でいるほうが楽しいのではないか。

そのほうが、ずっと人生を楽しめる気がする。

……当眞に対してずっと苦手意識があったのは、彼女が自分の思うまま、我が道を進んでいるように見えていたからなのか。俺は無意識のうちに、そんな当眞を羨《うらや》んでいたのかもしれない。

研究や実験が大好き。自分を偽《いつわ》らず、飾らず、変態と言われても気にせず、やりたいことをやる。彼女のそんな生き方が、俺には眩《まぶ》しかったのだろう。

「はあ、いいねえ。自分に正直に生きられるなんてさ」

「お前も正直に生きてるじゃん」

保田がそう言った時、スタッフが「塩焼き鳥お待ちぃ！」と、テーブルに料理を置いた。

俺はねぎまの串を持ち上げて、ふりふりと振る。

「こう見えて、いろいろ気を使って生きてんですよ、俺は」

「それは失礼」

保田がおどけたように笑って、つくねの串を取る。

「俺が自分に正直になったらさ、友達も彼女も皆ソッポ向いて、いなくなるよ」

ぱく、とねぎまを食べる。

結婚願望はないけど、暇つぶしに付き合いたい。ひとときを楽しめるならそれでいい。こういう男を、世間では『不誠実』だったり『ろくでなし』だったりと、ぼろくそに詰《なじ》るのだろう。

最初に結婚の意思はないと告げて付き合い始めたとしても、遊び気分でいられるのはせいぜい一ヶ月くらい。三ヶ月も経てば、嫌でも結婚を意識する素振りを見せられる。そして、こっちに結婚願望がないとわかれば離れていくのだ。だから一応相手の気分を害さないよう、できる限り結婚の話題は出さないようにのらりくらりとかわしている。……でも、そんなのは時間稼ぎにすぎなくて、結局は女性のほうから切り出されて、俺は結婚を断って、怒られて、別れる。

去年のクリスマスのように、しびれを切らした彼女が俺の頬を叩くこともよくある。

「当眞……か」

ねぎまを食べて、串を串入れに放り込み、頬杖をつく。

あいつは男と付き合いたいと思ったことがないのだろうか。寂しいとか、思わないのかな。

「――あ」

「どうした？」

カシスサワーを飲んだ保田が首を傾げる。

「いや、今、すげえ嫌な自覚をしてしまったんだ」

額《ひたい》に手を当ててため息をつく。

俺が当眞のような生き方ができず、ずっと意味のない付き合いを繰り返しているのは。

寂しい――から、ではないかと。

そんな情けない自分自身に、気付いてしまったのだ。

寂しい、でも結婚はしたくない。でもひとりは嫌だから、約束はしないで誰かと付き合う。

どう考えてもクズ男の思考だ。

けれども、俺が夫になれば相手は絶対不幸になると思うし、俺は結婚しないほうがいいタイプだと思う。

人の気持ちはうつろいやすいもの。永遠に続く愛なんてない。

それは相手にも言えるし、俺にも言える。

結婚して子供をこさえたとして、そのあと、他に好きな人が現れたら？

さすがに不倫に走る趣味はない。でも、誰かに恋をした時点で、伴侶《はんりょ》への愛情はなくなるだろう。

そうしたら、あとは地獄だ。愛情を向けられない相手に義理を果たすだけの人生を送ることになる。そんな人生、どう考えても楽しくない。それならはじめから結婚なんてしないほうがいい。

——この考えが、どこか歪んでいるなんて、とっくの昔に気付いている。

保田と別れ、夜中の繁華街をひとり歩いた。

駅まであと五分というところ。終電までにはまだ余裕がある。

「当眞……か」

息を吐くと、白いもやがネオンで明るい夜の街に溶けていく。

寒いな。マフラー、新調しようかな。

俺は首に巻いていたマフラーをぎゅっとしめ直すと、コートのポケットに手を突っ込んで歩を進める。

当眞汐里。

個性が強すぎるのが原因か、あまり『女らしさ』を感じない人だ。

かといってガサツな感じもしないし、男勝《おとこまさ》りってわけでもない。うまく言えないが、性別を超えたところに彼女はいて、とてもナチュラルな雰囲気を持っていた。

悪い意味での『女臭さ』を感じない。だからこそ俺は、彼女に初めて出会った時から今まで、恋愛対象として見てこなかったんだろう。

でも、そういえば俺は、当眞と初めて会った時からずっと、彼女の姿を視線で追っていた。

それは強烈な個性が気になってしまうから……だと思っていたけれど。

コツコツと冷たい靴音は、ざわざわした雑踏にかき消される。正月明けでも、都内の繁華街は相変わらず騒がしい。

突然、ポンと肩を叩かれた。

「お兄さん、飲み足りない顔してるね。いい子いるんですよ～。今なら飲み放題で二時間、四千円……どうです⁉」

典型的なキャバクラの客引きだ。

俺は手をヒラヒラさせてにっこり笑う。

「俺、この顔で売ってるほうだから。ごめんね」

自分の顔を指さすと、客引きの男は「あ〜」と納得した顔をした。そして、謝罪もなく次のターゲットを探しに行った。

あの納得顔は、俺の職業がホストだと思ったからだろう。実際は副業モデルなのだが、まあ追い払えたからどうでもいい。

「当眞って、男に興味ないのかな〜」

ぼんやり呟いた。これでも顔には自信がある。大抵の女性は俺に好印象を持ってくれる。しかし当眞は俺の顔を凝視することは一度もなかった。彼女の目的はいつだって、種に苗、新種の作物だ。

モヤモヤする。

たまには俺を見たっていいのに。いや、別に見なくてもいいけど……

当眞にも男の好みがあるのかな。……いやいや、俺には関係ないし。

だいたい、俺は来る者は拒まないけど、自分は追わない主義である。だって期待されたら困るじゃないか。変に希望を持たせて結婚の夢を見せてはいけない。

……でも、当眞って結婚願望あるのか？　どう見てもなさそうなんだけど。

ということは、当眞と付き合うのは意外と悪くないのかもしれない。気楽そうだし、後腐れもなさそうだし、執着もしなそうだし都合がいい……そう、当眞は俺にとって都合のいい女なのか。

なんか、俺、どんどん最低男の思考になっていないか？

さすがにちょっと凹んでしまって、首を横に振って思考を切り替える。

やがて駅に到着して、疲れ果てたサラリーマン達に埋もれるように、混雑した電車に乗る。

ゴトゴト揺れる車内。ぼうっと車窓から見える夜景を眺め——

都合がいい悪いはともかく、俺は当眞のことを、以前からちゃんと異性として見ていて、意識していたんだなと漠然と思った。

なんともはっきりしない気持ちを抱えたまま毎日を過ごして、一月中旬に入ったころ。

昼休みに、俺はとある女性社員に声をかけられた。

ふたりきりで話したいと言われ、なんとなく、その話がなんなのかを直感する。

予想通り、彼女は「御影さんとお付き合いしたい」と言ってきた。今の俺がフリーなのは、すでに会社のほとんどの人が知っている。総務の仁科があれだけ言い回ったのだから、当然とも言える。

いつもの俺なら、軽い調子で「いいよ」と頷くだろう。

告白してきた子はなかなか可愛い顔をしていたし、性格が悪そうにも見えなかった。

——でも。

「悪い。しばらく、彼女を作らないつもりなんだ」

俺は初めて、断りの言葉を口にした。

頭によぎったのは、当眞の顔。あいつの存在が頭の中にチラつく間は、別の誰かと付き合うのは酷く不誠実に思えたのだ。……決して誠実ではない俺が言えた義理ではないけれど。

「ごめんな。君が嫌とかじゃなくて、今は誰かと付き合う気になれないんだ」

名も知らない女性は、悲しそうな表情を浮かべた。俺はせめてもの気持ちで、微笑んだ。


さて、初めて告白を断った週の休日。

彼女いない歴零年《ぜろ》に近い俺は、時間を持て余していた。

「……いなかったらいなかったで、暇なんだよな」

特に趣味を持たない俺は、休日といえばだいたいデートに勤《いそ》しんでいる。デートのない日も、コミュニケーションアプリで彼女と世間話していることが多い。

結婚はしたくないが、これでもマメなほうなのだ。それに、意味のない世間話を続けるのも嫌いじゃない。

「今日は晴れてるなあ。散歩でもするか」

雨だったら、ネットのオンデマンド配信で適当な映画でも見るしかないが、晴れていれば外に出たい。家の中に引きこもるのはあまり得意ではないのだ。ちなみに保田は超インドア人間なので『意味もなく外に出たがるお前の気持ちがわからん』と言っていた。

コートを着込んで、マフラーを巻き、スマホをポケットに突っ込んで家を出る。

俺が住んでいるのは、二十四階建てのマンションだ。職場のあるビジネス街まで電車で三十分ほどかかるが、落ち着いた雰囲気が気に入っている住宅街の一画にある。

一月最後の休日。マンションの玄関をくぐると、キンと冷たい空気が頬を刺した。ネットの天気予報によると今夜は雪が降るらしいし、なかなか冬らしい寒さと言える。

さて、どこに行こう。近くのカフェで雑誌を読むか、行きつけの美容院で髪を整えようか。それとも……

「ん？」

しばらく考えながら歩いていると、ふと、うしろから人の気配がした。誰かが同じマンションから出てくるようだ。なんとなく気になって振り返る。

「え、と、当眞⁉」

なんと、マンションの玄関から出てきたのはウチの研究員、マッド当眞だった。

彼女はいつもの黒縁眼鏡に、ベージュのニットワンピース、黒いレギンスという私服姿で、小ぶりの黒いリュックサックを背負っていた。俺に気付くことなく、すたすたとどこかに向かって歩いて行く。

ちょっと待て。あいつ、俺と同じマンションに住んでいたのか⁉　通勤時も、退社時も、まったく出会うことがなかったから、気が付かなかった。

うーん、世間は狭い。それにしても、当眞はどこに行くつもりなんだろう？

思わず、彼女の後を追った。暇つぶしにしては趣味が悪い。これでは単なるストーカーだ。

でも足を止めることはできなかった。当眞は社内で変人として有名だが、彼女のプライベートは謎に包まれているのだ。前に研究棟で、なんとなく当眞について尋ねたら、皆、彼女が休日に何をしているかは知らないようだった。特別仲のいい同僚もいないらしい。

だから、これは好奇心だ。ちょっと様子を見て帰ればいい。研究オタクな当眞のことだから、イメージとしては本屋とか、図書館だな。

はっ、まさか……デートだったりするのだろうか。周りに言わないだけで、実は当眞には恋人がいるとか。

そう考えた瞬間、グサッと自分の胸に針が突き刺さったように痛くなった。

な、なぜ、ショックを受けているんだ。やめてくれ。当眞は付き合ってもいいタイプかなって思いかけているけれど、好きってわけじゃないし。……多分。

し、しかし、本当にデートだったらどうしよう。

当眞が誰と付き合おうが俺には関係ないはずなのに、なぜだか心がざわざわする。

なんとも言えない気持ちを抱えながら当眞のうしろを歩いていると、彼女は公園のような広場に入っていった。

いや、あれは公園じゃない。よく見たら、フェンスの前に『ハレバレ共同菜園』と記された看板があった。

共同菜園とは、このあたりの住民が畑を借りて家庭菜園をする場所のことだ。つまりあいつも、自分の菜園を持っているということか？

……というか、仕事でも同じようなことをしているのに、休日も作物《さくもつ》育ててるのか、あいつ。

当眞は共同菜園の中にある大きなコンテナから鍬《くわ》とスコップを取り出した。そして畑の一角に移動して、土を耕し始める。

俺はインドアよりアクティブ派だけど、さすがに休日に土いじりする趣味はない。しかもこんな寒い日に、何が悲しくて土まみれにならねばならないのか。

当眞、何育ててるんだろう……

俺がぼんやり彼女を眺めていると、当眞はふいに、クルッとこちらを振り向いた。

あ、やばい。

「御影さん！　やはり御影さんだったのですね。いや～、こんなところで会うなんて奇遇ですね」

にこーっと笑う当眞の頬には、早くも泥がついていた。

「あ、いや。うん、そうだな」

まさかお前の後をついてきた、なんて言えず、俺は曖昧《あいまい》な笑みを浮かべた。

「もしや、家庭菜園に興味がおありなんですか。意外ですね～」

「いや！　そういうわけじゃない」

「またまた～。さっきから視線には気付いていましたよ！　熱心に土を見ていましたね。なかなかいい土でしょう。私が育てた土ですから当然ですね」

えっへん、と胸を張る当眞。

違う。見ていたのはお前であって、土じゃねえ。

「当眞こそ、休みの日まで土いじりなんてご苦労なことだな。野菜でも育てているのか？」

こんな真冬に育つ野菜はかなり限られているけれど。

すると当眞はとろんとした垂れ目を瞑《つむ》り、にんまり笑った。

「ふふふ、見られてしまったからには仕方ない。実は、ここは私の秘密の実験菜園なんですよ」

「実験……菜園？」

首を傾げると、当眞は背中のリュックサックを下ろして、中から小さなビニール袋を取りだした。

「はい。家のベランダでいろいろ品種改良をしては、ここで実験的に作物《さくもつ》を育てているんです。今は、冬の土でも発芽できるような、寒さに強い種を試作しているんですよ」

「へえ……」

俺は目を丸くする。純粋に驚いたのもあったが、納得もした。

当眞の研究成果はすこぶる良い。画期的な品種や、発芽率の良い種をいくつも作り出している。人によっては『偶然』だとか『運がいい』などと言っているが、違うんだ。

彼女は地道な努力をして、仕事の研究に繋げている。ただそれだけなんだろう。

まあ、研究オタクには違いないけど。休みの日まで研究しているなんて、本当に好きなんだな。

でも、そこまで熱中できる何かがあるのは、少しだけ、羨《うらや》ましい。

そんなことを考えていると、俺の目前にニュッとスコップの柄《え》が突き出された。

「わっ、なんだ」

「ここで会ったのも何かの縁ですから、手伝ってくださいよ」

「え、嫌だ。面倒臭い」

「そんなこと言わずに。ちょっとそこの土を掘り返して下さるだけでいいのです。深さ一メートルくらい」

「めちゃくちゃ重労働じゃないか！」

「たくましい腕の使いどころですよ！　ほらっ、御影さんのいいところ、見てみたい～！」

　ぱんぱんとリズムよく手を叩く当眞に、俺は噛みつく。

「宴会のノリで頼むんじゃない！　まったく……」

はあ、とため息をついた。好奇心から、彼女のあとをついてきたのが間違いだった。

仕方ない……ここで無視して帰るのも、なんだか気が咎《とが》める。

「掘り返しだけだぞ」

「はい。ありがとうございます」

　にっこりと、当眞が嬉しそうに笑った。

──あ、またその笑顔。ほんわりと、可愛い花が咲き零れるような。

　いやいや、見蕩《みと》れてなんかいない。俺は当眞から軍手を借りると、スコップの柄《つか》を握りしめ、土を掘りはじめた。

ざっく、ざっく。

畑作りと真逆の人生を歩んできたような俺は、無心になって土を掘る。

こんなに土まみれになった日は今までの人生になかったかもしれない。幼少から学生時代まではキラキラと輝くようなモデル業界に身を置いていたし、農作物《のうさくもつ》に触れるといえばスーパーに並んでいる綺麗《きれい》な野菜だった。

まあ、こんな業種に就《つ》いているから、契約農園に行くことは多いけど、実際に鍬《くわ》やスコップを握ったことはない。なんというか、この俺に土いじりをさせる当眞は、ある意味怖い物知らずではないかと思う。

ふと、当眞を見た。彼女は近くの畑の前でしゃがんで、土に肥料をやっている。

その横顔はなんだか楽しそうだった。鼻歌まで歌っている。

「当眞さ、休みのたびにここで園芸してるのか？」

「はい、そうですよ～」

「こんなことばっかりやってて、人生楽しいのか？」

「もちろんですよ」

当眞はきっぱり断言して、近くにあったじょうろで水をやる。

俺はようやく掘り返しを終わらせて、スコップを土にザクッと押し込むと、軍手を外してハンカチで額《ひたい》の汗を拭いた。

「……男、とかさ、興味ないのか？」

ぽろっと言葉が口から零れる。ぱっと口を手で塞《ふさ》ぐが、もう遅い。

「おとこ、ですか？」

振り向いた当眞が、驚いたように目を丸くする。

「い、いや、彼氏ほしいなとか、当眞くらいの年齢なら思うものじゃないか。って、当眞って何歳だっけ」

「私は二十八歳ですよ」

「俺とタメなのか。なんか意外だな……。顔が可愛いからか」

またも本音が出てしまった。さっきから俺はなにを口走っているんだ。しかし当眞が二十八だったとは。ぜんぜん見えない。でも、院卒って話だから当然といえば当然の話だった。

「二十八といえば、世の女性は、結婚を意識するもんじゃないか？」

実際、俺と付き合った女性すべてが、結婚を口にした。俺が結婚は考えていないと言うと、怒ったりあるいは落胆《らくたん》したりして、別れを告げていった。

どんなに好きだったとしても、結婚しない男は願い下げらしい。

「うーん。特に結婚は意識していないですね。でも、縁があればするものじゃないですか？」

「気楽なやつだなあ。男友達作って遊びたいとか思わないのか？」

「ぜんぜん。それよりも研究したいです」

ニコッと笑顔を向けた。

……当眞は、俺とまったく違う人種だ。わかりあえる気がしない。彼女の頭の中は研究だけで、異性と付き合いたいという願望がないのだ。

でも、結婚を意識してないというのはいいな。うん、付き合ったら気楽そうだ。そこは大変好印象である。

しかしそんな理由で当眞を誘うほど、俺は落ちぶれていない。ろくでなしのギリギリラインではあるが、自分から誘うならちゃんと好きにならないとダメだと思う。相手に誘われたならもちろんオールオッケーだけど、当眞は男に興味ないみたいだな。残念。

「んじゃ、俺はこれで帰るわ」

「えっ、手伝って下さったんですから、お礼しますよ」

「お礼って、なにをしてくれるんだ？」

「そこのコンビニで、元気百倍ドリンク剤を奢《おご》ってあげます」

「いらねえ！」

怒鳴りながら断ると、俺はきびすを返してのしのしと菜園を出て行った。うしろから

「ドリンク剤、嫌いなのかな？」と、思わずずっこけそうなほど抜けた当眞の言葉が聞こえた。

休み明け――

なんだかちっとも休んだ気がしない、だるい身体をもてあましながら、ふあああとあくびをする。

「はよーっす」

デスクに肘《ひじ》をつく俺の横に、保田が来た。

「はよー」

「なあ、そこの廊下で聞いたんだけど」

「うん」

「御影って、家庭菜園が趣味ってマジか？　意外すぎて笑いそうになったんだけど」

ばたっとデスクの上に突《つ》っ伏《ぷ》した。

「そんなわけないだろ！　誰だ、そんなデマ言いふらしたヤツは！」

「廊下のやつも、人伝《ひとづ》てに聞いたみたいだけど、研究棟からの情報らしいぞ」

「当眞ぁぁ～っ！」

噂の発端はあいつだ、間違いない。そういえば、俺が家庭菜園に興味があると誤解していた。

「頼むから、俺のあることないこと言いふらすのやめてくれよ！」

誰それと別れたとか付き合ったとか、趣味だとか、俺に関することはすぐ噂になってしまう。なぜだ。そこまで目立つつもりはないのに！

「なんだかんだ言って、御影って話題になりやすいんだよな。顔がいいし、仕事もできるし」

「人畜無害《じんちくむがい》とは言わないが、誰かに迷惑かけてるわけでもないだろうに。俺のことなんか放っておけよ」

「そりゃ無理だ。なんたって『結婚しない王子様』なんて恥《は》ずかしいあだ名までついてるんだから」

「恥《は》ずかしい言うな。その通りだけど！」

はぁ、とため息をつく。

その日を境に、以前女性社員からの誘いを断ったことも相まったのか、『御影は家庭菜園に目覚め、女性との付き合いをやめて悟りの領域に入った』などという噂が流れ、そのうち出家するのでは、という話にまで飛躍《ひやく》してしまった。

俺としてはもはやどうでもいいという認識だ。皆、好きに言えばいい。誤解を解くのも面倒くさい。すべてはあの日、当眞のあとをつけた俺が悪かったんだ。

あの様子だと当眞は、俺の彼女になりたいと言い出す気配もないし、もう今後一切、あいつには関わらないと心に決めた。

◆◆◆

二月——

世の中はバレンタインデーを前に、浮かれた雰囲気だ。しかし俺の会社は社内でのチョコの受け渡しが禁止になっているので、そこまでの盛り上がりは見せていない。

冬の寒さはここ極まれりといったところだ。朝は手がかじかむほどである。

「あー、寒っ」

ゴミ袋片手に出勤時にマンションを出ると、空は曇天《どんてん》だった。朝日がないとどうにも調子が出ない。生あくびをしながらマンションの横手にあるゴミステーションに行くと、ちょうどそこに当眞がいた。

「おはよ——」

挨拶《あいさつ》しようとして、むぐっと口を閉じる。あいつとは関わらないようにしようと心に決めたばかりじゃないか。無視無視無視。他人他人。

当眞は俺に気付くことなく、ゴミステーションにゴミ袋をポイッと捨てて、すたすたと歩いて行く。

……ちょっと待て。あいつのゴミ袋、小さすぎじゃないか？

ひとり暮らしをしている俺でさえ、一週間に二回ある回収日はゴミ袋がいっぱいになる。あいつが持っていたゴミ袋は、俺の量の三分の一くらいの大きさだった。

ちゃんと生活できているのか？　きちんと食べているのか？

ダメだ。こんなことはしてはいけない。でも、ちょっとだけ。どうしても気になる。チラ見するだけだから。それでも女性のプライベートだ。あんな変人研究オタクでも、一応年頃の女性なのだから――

頭の中で様々な思いがひしめくものの、俺はついつい、当眞のゴミ袋を横目で見てしまった。

すると、半透明のゴミ袋から透《す》けて見えていたのは。

「あいつ……まさか、こんな食生活をしているのかっ⁉」

当眞のゴミ袋には、エナジーバーの空袋だらけだった。ちなみに全部同じメーカーだ。そしてインスタント味噌汁の空袋も大量に入っていた。というか、彼女のゴミ袋にはそれしか入っていない。

俺は深いため息をつくと、自分のゴミ袋をポイと放り投げた。

その日の夜。俺は早めに仕事を切り上げて帰り、マンションの玄関前で当眞を待ち構えていた。

いや、関わらないようにしようと決めたんだが、あれはさすがに見過ごせない。

当眞がどうなろうが俺には関係ないのだが……でも、ちょっとあれはない！

一言注意くらいはしておかないと。その、これは同じ会社で働く同僚としての義務なんだ。他意はない。ないったらない。

俺はなにをしているんだろう……

ため息をつき、最近ため息が増えたと思う。間違いなく当眞のせいだ。

モヤモヤした気持ちでいると、ようやく当眞が帰ってきた。肩にビジネスカバンをかけて、手にはエコバッグを持っている。

「当眞！」

「おや、御影さんですか？　どうして私のマンションの前で仁王立ちなんてしているんですか」

「仁王立ちじゃない。普通に立ってただけだ。あとここには俺も住んでるんだよ」

「ええっ！　ぜんぜん知りませんでした！」

俺もつい最近まで知らなかったよ……

「当眞。えっと……さ」

どう話を切りだそう。俺はぽりぽりと頬を掻きながら思考を巡らし、思いついたことを話してみる。

「その、研究棟で小耳に挟んだんだが、当眞ってもしかして、食事はいつもエナジーバーなのか？」

「はい。そうですけど？」

「そうですけど、じゃない！　お前、まさか毎食ソレだけとか言わないよな？」

「まさか～、インスタント味噌汁もついていますよ」

ははははと明るく笑う当眞に、俺はがっくりと肩を落とす。そして彼女の肩を掴《つか》むなり、怒鳴った。

「このバカもの！　どうりで小柄すぎると思った。そんな生活じゃ身体を壊すぞ！」

「ええ!?　だ、大丈夫ですよ。エナジーバーは完全食ですから」

「完全食じゃない。それはあくまで栄養を補助する食品なんだ。そしてインスタント味噌汁は塩分が多めなんだ。毎日飲んでいたら身体に悪い！」

俺の必死の訴えに当眞はずれた眼鏡でぽかんとした顔をして「へー、そうなんですか……」とのんびりした口調で言った。

「とにかく、まずは野菜を食え」

「あ～、野菜ジュース飲んでますよ、たまに」

「たまに!? 野菜はジュースだけじゃなく、ちゃんと新鮮な野菜を食べないとダメなんだ！」

俺が頭ごなしに怒鳴ると、当眞は顔を引きつらせて一歩うしろに下がった。

「い、いや、ちょっと野菜は苦手でしてね」

「野菜の品種改良しておいて、野菜嫌いとはどういうことだ」

「それとこれとは別なんですよ。あ、ベランダでできた野菜はちゃんとジュースにして」

「――もういい」

俺はそう言うなり、当眞の手首をむんずと掴《つか》んだ。

「ひゃっ!?」

驚く当眞に目を向けず、彼女を引きずるようにマンションの玄関をくぐる。

「えっ、えっと、御影さん、どこに行くおつもりで？」

「俺の部屋だ」

「ほう、オレノヘヤ……。えぇーっ!? どうしてまた！」

ぎゃんぎゃん騒ぐ当眞をエレベーターに押し込み、階数のボタンを押した。

「俺は、幼少時代はベビーシッターに育てられていたんだ」

「はあ。失礼を承知でお尋ねしますが、お父さんやお母さんは？」

「父と母は多忙で、ほとんど家にいなかった」

俺が淡々と答えると、当眞は口をつぐんだ。

「ベビーシッターの作る料理は、正直言って、おいしくなかった。それで俺は自然と料理を覚えて、必要な栄養素も調べるようになった。人は、毎日きちんと栄養を取って、十分な睡眠を取れば、そうそう身体を壊さないんだ」

「はあ、それ、小さいころからされていたんですか？　しっかりした子供だったんですね」

当眞の言葉に、俺は前を向いたまま小さく笑った。

「俺が体調を崩せば周りの大人が迷惑する。そういう世界で生きていたから、体調管理も仕事のうちだと思っていたんだ」

モデル業は、俺ひとりで成り立つ仕事じゃない。俺が風邪を引いたら当然スケジュールは狂い、各方面の人達を困らせる。ビジネス脳の母は当然文句を言うし、それを聞くのはうんざりする。だから俺は、自分の管理は自分でするようになった。

思えば、可愛げのない子供だった。外面《そとづら》だけは良かったけど。

「だから、御影さんは――なんですね」

ぽそ、と当眞が呟いた時、ちょうどエレベーターが止まった。ガコンと扉が開いて、俺はうしろを振り向く。

「なにか言ったか？」

「いえ、なにも」

当眞は、にへらと笑った。

俺は気を取り直して自分の部屋に向かい、鍵を開けて中に入った。

「ほら、入って」

「は、はい。本当にいいのかな……？　お邪魔しま～す」

当眞が間延びした声を出しながら、俺に続いて靴を脱ぐ。

リビングに入って照明を点《つ》けると、当眞は感心したような声を出してあたりをきょろきょろ見回した。

「おお……なんだかオシャレなお部屋ですね」

「同じマンションなんだから、間取りは当眞んとこと変わらないだろ」

「置いてあるものがまったく違いますよ！　どうして床に何も落ちてないんです!?」

「お前んとこは何が落ちてるっていうんだよ！」

もともとシンプルが好きで、ごちゃごちゃと飾るのは好きではない。リビングには壁掛けタイプの大型テレビとガラス製のローテーブル、そしてソファくらいしか置いているものはない。

俺はビジネススーツの上着を脱ぎ、ハンガーにかけてから、キッチンの傍に置いたままの黒いエプロンを腰に巻いた。

「そこのソファに座ってろ。テレビでも見ていてくれ」

「はあ、ではお言葉に甘えて」

当眞は大人しくソファに腰掛けると、リモコンを手に取った。

彼女はいくつかチャンネルを変えたあと、バラエティ番組を見始める。

俺は冷蔵庫を開けて、手頃な材料を作業台に置いていった。当眞がどれくらい食べるのか知らないが、今は夜だし、脂っこい料理よりは軽く食べられるようなもののほうがいいだろう。

「パスタにするか」

腕まくりをして、鍋に水を張る。

そして二十分ほどかけて夕飯を作ったあと、俺は料理をカウンターテーブルに置きながら当眞の名を呼んだ。

「当眞、できたぞ」

「あっ、はい。先ほどから大変おいしそうな匂いがしていたので、実はお腹がぐーぐー鳴っていました」

「それはなによりだ。たんと食え」

テーブルに並べたのは、サーモンとほうれん草のクリームパスタと、根菜たっぷりのコンソメスープ。それから海藻サラダだ。

「うわ……野菜がいっぱいですね……」

「野菜嫌いでも食べられるように味付けしたから、黙って食え」

俺が当眞を睨《にら》みつけると、彼女はしぶしぶと椅子に座る。俺は隣に座って、エプロンを脱いだ。

「いただきます」

当眞が手を合わせて言ったあと、フォークを持ち、海藻サラダをおそるおそる食べ始める。

「んっ？」

きらん、と当眞の目が光った。

「これ、このサラダ、おいしいですよ。海苔の風味が生野菜の苦みを緩和させています」

「それはチョレギサラダにしてみたんだ。ドレッシングもごま油を使っているから、香ばしくて食べやすいだろ」

「ちょれぎ……？　はい。これならおいしく食べられます」

当眞はぱくぱくとおいしそうにサラダを食べ進める。次に、根菜スープに手を伸ばした。

「すごい。レンコン、大根、ごぼうににんじん。いっぱい入ってますね」

「旬の野菜を食べるのが、一番栄養になるんだ。身体も温まるし、野菜スープからはかなりの恩恵《おんけい》が受けられるんだぞ」

「そうですね。確かに、季節に適した野菜の栄養価は高いと、データにも出ています」

当眞は感心したようにスープを見つめたあと、スプーンで具材をすくって食べる。

「はあ……これは温まる。優しい味付けで、ほっこりしますね～」

レンコンを味わって、当眞は幸せそうな表情を浮かべた。

そうやって素直に味わっている顔は、こちらがどきりとするほど可愛らしい。完全に気の抜けた顔。当眞の無防備な笑顔から、どうしても目が離せない。

今までいろいろな女性のさまざまな笑顔を見てきたはずなのに、当眞の表情には特別なものを感じた。俺は、以前から当眞の表情に心を奪われていたのだ。そのたびに気の迷いだと思い込んで、考えないようにしていたけれど。これは、そういうことなんだろうか。

「うーん……」

「御影さん、スープを睨《にら》んでどうしました？」

「えっ？　あ、いや、なんでもない」

当眞に話しかけられて、慌ててフォークを持つとパスタを食べた。彼女はそれ以上は追及せず、気を取り直してパスタをフォークに巻きつける。

「んんっ、これもおいしいです。ほうれん草は苦手だったのですが、これならいくらでも食べられそうです。クリーミーで、サーモンとほうれん草がグッドなマッチです！」

当眞はクリームパスタが気に入ったようだ。

「野菜が苦手でも、こうやっていろいろ工夫を凝らせばおいしく食べられるんだ。そうやって慣らしていけば、そのうち、もっとシンプルな料理でもおいしいと思えるようになる。それが苦手野菜を克服する一番早い方法なんだよ」

「はあ〜、すごいですね、御影さん。なんだかお母さんみたいです」

「誰がお母さんだ」

当眞にツッコミを入れて、ぱくっとパスタを口に入れた。

……しかし、俺。今更だけどなにやってんだろう。当眞をうちに入れたり、メシを食わせたり。まるで彼氏気取りじゃないか。当眞がどんな食生活でも放っておけばよかったのに、どうしてあの時、我関せずを貫けなかったんだろう。

それはやっぱり、俺の中に好きという気持ちがあったから。俺のことを好きになってほしいと、そのために世話を焼きたいと、そういう願望を持ったからか。

自分で自分が信じられないが、自分の行動から見て、そうとしか思えない。

俺はどうやら、当眞のことが、好きだった……のか。

「マジか～」

思わず頭を抱えた。実は、俺は恋を自覚したことは一度もない。もちろん女性に告白したこともなく、俺はいつも『言われる側』だった。それで、顔が好みだったらまあいいかって感じで付き合っていたのだ。恋は落とすものであり、落ちるものではないと思い込んでいたのだ。

執着もしないし、愛情も薄い。付き合っている間はそれなりに大切にするけど、それだけだ。相手が別れようと言ったらすぐに関係が切れるような、淡泊な感情しか持っていなかった。

親があんなだし、俺も冷めた人間だったから、恋心とは縁がないと思っていたのに、まさか自覚する日が来ようとは。しかも相手はマッド当眞だ。

「さっきから苦悶《くもん》の表情を浮かべていますが、お腹でも痛いのですか？」

パスタを綺麗《きれい》に食べ終えた当眞が心配そうに俺を見上げる。

どこか幼さの残る童顔に、とろんとした垂れ目。まじりけのない黒い髪。柔《やわ》らかそうな唇。

「なっ、いや、大丈夫。腹は痛くない」

知らなかった。恋とは、理性ではなく本能でするものらしい。俺の理性は『なんでよりにもよって当眞なんだよ』とツッコミを入れているが、本能は『仕方ないだろ、好きになったんだから』と訴えている。

「ごちそうさまでした。とてもおいしかったです」

当眞は満足そうな笑顔を見せた。お腹をさすって、満足そうなため息をつく。

そういえば俺、当眞のこと、なにも知らない。知っているのは、研究大好きで、休日も研究のために土いじりしている研究オタクということくらいだ。あと食事がエナジーバーとインスタント味噌汁。

もっと他のことを知ってみたい。もっと他の表情を見てみたい。

考えれば考えるほど、当眞への興味が増した。知りたくて知りたくて、たまらなくなる。

「ところで御影さん、どうして私に食事を作ってくれたんでしょう」

ふと、当眞が疑問を投げかけた。俺はハッと顔を上げる。

「確かにエナジーバーやインスタント味噌汁では得られない満足感がありましたし、正直助かりましたけど、私がどんな食事をしようと御影さんには関係ないのでは……？」

心底不思議そうに当眞が首を傾げる。

俺はごくりと生唾《なまつば》を呑み込み、意を決した。

「と、当眞が」

彼女のとろんとした目が、俺を見つめる。

「好き……かもしれないから、だ」

まだ確証はなかった。そうじゃなかったらどうしようという気持ちが、俺の告白を曖《あい》昧《まい》なものにする。しかしここまで言ったなら後には引けない。俺は当眞の手首をガシッと掴《つか》んだ。

「だから、どうだろう。俺達、付き合ってみないか？」

当眞の目が驚きに丸くなる。そして、ぽかんと開いた彼女の口が、言葉を紡いだ。

「え、嫌です」

がくっと首を垂れてしまう。人生で初めて告白して、しかもフラれた。こんなにも即答で断られるとは思わなかったし、ちょっと……いや、かなりショックである。

「なぜだ⁉」

「私は御影さんのこと、好きじゃないかもしれないので」

当眞の眉間にむっと皺《しわ》が寄る。曖昧《あいまい》な告白には曖昧《あいまい》な答えをと言わんばかりに、当眞の返事は俺の告白に似ていた。

ああ、いや、今のは俺が悪い。『好きかもしれないから付き合ってくれ』なんて、いい加減もいいところだ。さすがの当眞もその気になるはずがない。

「すまない。かもしれないというのは失礼だった。でもこんな気持ちは正直初めてなんだ。自分でも戸惑っている。しかし当眞のことは、前からずっと気になっていたんだ」

真面目な顔で話す。

「そうなのですか？」

当眞が驚きの声を出した。俺は頷き、頭をぐしゃりと掻きむしる。

「気にはなっていたけど、気のせいだと思い込もうとしていた。でも、お前が営業部に来るたび、俺はいつもモヤモヤしていた。関わらないようにしようと思いながら、視線は外せなかった」

嗅覚《きゅうかく》が人間レベルを超えていて、サンプルなどを持って帰ると、必ず営業部にやってくる当眞。

狙いが俺だけなら問題なかった。でも当眞は、俺以外にも視線を向けていた。

それがどうにも嫌で、不愉快で。心の中に暗雲が立ちこめて。

ああ――、今なら認める。俺は当眞に執着の気持ちを抱いていたのだ。

「頼む！　しばらくの間でもいいから、俺と付き合ってみて欲しい！」

もっと知りたい。もっと見たい。そのためには、もっと距離を縮めるしかない。

ぱん、と手を合わせて拝むと、当眞は考え込むように「う〜ん」と腕を組んだ。

「そう言われても困りますね」

「お試しでもいいから！」

「お試し……つまり実験のようなものですか？」

「実験とは少し違うが、当眞に対する思いが本物かどうかを確かめてもらうためには、やっぱり付き合ってみないとわからないと思うんだ」

俺が必死で説得すると、ようやく彼女は納得したように頷いた。

「なるほど、理に適《かな》ってますね。不確かなことは検証をしないと答えがでませんから」

当眞のくせにインテリ理系みたいなことを言い出した。いや、間違いなく俺より頭がいいはずなんだけど、当眞は個性的すぎて、いまいち『秀才』というイメージがつかない。

俺が黙って様子を窺《うかが》っていると、当眞はしばらく目を瞑《つむ》って考えたのち、顔を上げて俺を見た。

「実は、私もかねがね疑問に思っていたことがあるんです」

「それは？」

「恋心とは、なにをきっかけに湧き上がるのか。恋をすると、どのような思考の変化をもたらすのか。予想のつかない突然変異による感情なのか、それとも種が芽吹くように感情を育てた結果なのか。……私は、恋をしたことがないから、恋による気持ちの変化がわかりません」

どこか真面目な様子で当眞が言う。黒縁眼鏡の奥にある、透明度のある黒い瞳に魅入《みい》られそうになりながら、俺は人差し指で頬を掻いた。

「そうロジカルに考えるものじゃないと思うけどな。むしろ恋って直感的なものだろ」

「ええ、そうかもしれない。私も、直感で……本能で、恋をしてみたい。小難しいことを考えないで、感覚的に行動するのは楽しいのかもしれない、とずっと思っていました」

そう言うと、当眞はゆっくりと俯《うつむ》いた。長い髪が一房《ひとふさ》、肩に落ちる。

「……私も恋をしてみたいんです。御影さんは、私を恋に落とせますか？」

それは挑発にも聞こえたが、願いのようにも聞こえた。

恋をしてみたい。俺と同じように、当眞も恋心と縁のない人生を送ってきたのだろうか。彼女が今までどのように生きていたのか知りたいし、俺に教えられることがあるならなんでも教えてあげたい。

俺は当眞の肩を掴《つか》んだ。想像以上に彼女の身体は柔《やわ》らかくて、華奢《きゃしゃ》で。どきりと心が弾み出す。

「――お望み通り、めろめろにしてやるよ。問答無用で恋にたたき落としてやる」

そう言うと、当眞は顔を上げてにへらと笑った。

「それは楽しみです」

「そういう軽口も言えないくらい、夢中にさせてやるからな。覚悟しろよ」

「ふふ、百戦錬磨《ひゃくせんれんま》な御影さんが言うと、真実味がありますね」

おどけた様子で笑う。どうやら彼女も、俺の噂は多少なりとも聞いているらしい。

『結婚しない王子様』とか、研究棟でもいろいろ言われているんだろう。

俺は真剣に唇を引き締めて、当眞を見つめる。

「お試しとか言ったけど、俺は遊びのつもりじゃないからな」

「……浮気の心配がなさそうなのは、安心かもですね」

「どういう噂が流れてるか知らないけど、俺は誰かと付き合ってる間に、浮気したことは一度もない」

遊び人と言われようが、とっかえひっかえと言われようが、それだけは絶対のルールとして決めている。俺が言えたことじゃないけど、そのあたりは誠実であるつもりだ。

俺の言葉に、当眞は少し驚いたような顔をしたが、ほんわりと微笑む。

それは、俺がいつも可愛いなと思ってしまう、花が綻《ほころ》んだような笑顔だった。

「わかりました。信じますね」

「ああ。だから当眞も、俺と付き合ってる間は余所見《よそみ》するなよ。会社でも」

これが言いたかったんだ。ちょっとすっきりする。お前は俺だけ見ていればいいんだ。他を見るな。

俺は当眞の顎《あご》を摘まむと、ゆっくりと距離を縮めた。

「これからは——名前で呼んでくれ。汐里」

ちゅ、と。軽く口づける。汐里の唇は思ったとおり柔《やわ》らかくて、ずっと触れていたいと思った。

「御影さん……私の、名前……知ってたんですか」

「名前」

「あっ、えっと……知基、さん」

汐里は俺の名前を呟くと、照れたように俯《うつむ》いた。

「流されるようにしてしまいましたけど、私、キスは初めてなんですよ」

「そっか。初めての相手が俺でよかったな」

「……どうしてですか?」

首を傾げる汐里の頬を、そっと撫《な》でる。

「俺はキスがうまいからだよ」

そう言って、もう一度唇を重ねた。汐里は目を瞑《つむ》ってキスを受けたあと、困り顔で笑い出す。

「すごい自信家ですね~。さすがです」

俺もつられたように笑った。本当は冗談のつもりだった。実際はキスに上手いも下手もないと思う。ただ、汐里の唇はふわふわして気持ちが良くて、控えめに唇を動かすのが初心《うぶ》そうでいじらしくて、愛しさのような気持ちが心を満たしたから、優しくできただけ。

俺は今までにない満足感を覚えながら、黙って汐里を抱きしめた。

第二章

当眞汐里と交際を始めて、最初に訪れた休日。

バレンタインデーが過ぎた街の様相は、今はホワイトデー一色になっていた。

本日は汐里と初デートである。

特にプランは決めていないのだが、まあ、研究大好き変人の汐里だって女性であることに違いはない。今までと同じような感じでいけば、そうそう失敗するということはないだろう。

「定番で行くなら、ショッピングがてらにブティックをハシゴして、適度にカフェで休憩。あとは汐里の行きたい店に行けばいいかな。本屋とか好きそうだし」

なんとなく計画を立ててみる。奇抜さのない、ありきたりなデートかもしれないが、初手《しょて》はこんなものでいいだろう。俺は汐里のことをなにも知らないに等しいのだし、これから知って、彼女の行きたいところを探っていけばいい。

「汐里かあ……。意外と輸入雑貨屋なんか、好きそうだな。北欧系の可愛い小物とか、食器とか」

彼女の顔を思い浮かべて、イメージを口にする。デートの待ち合わせにした駅前でぼんやり物思いにふけっていると、遠くから「知基さん～」と、のんびりした声が聞こえた。

「おっ、来たか」

「おはようございます。もしかして、私、約束の時間を間違えてしまいましたか？」

白いニットに、赤いタータンチェックのタイトスカートを穿《は》いて、焦げ茶色のコートを着込んだ汐里が慌てたように腕時計を見る。

可愛い。汐里も、一応デートの時はオシャレする、という意識は持っているようだ。

俺は笑って「いや」と首を横に振る。

「十時ぴったり。約束の時間に合ってるぞ。俺はちょっと早めに出てきたんだ」

「そうだったんですか。よかった～！」

汐里がホッとしたように胸をなで下ろす。ハーフアップの髪型も、赤いベレー帽も、とてもよく似合っている。

汐里って、研究者とか、変人のイメージが強すぎて、あまり意識していなかったけど……やっぱり可愛いな。俺の直感に狂いはなかった。他に取られる前で良かった。

「その服、いいな。汐里にとても似合っているよ」

「ええっ！　そ、そうですか？　私服でスカートなんて久しぶりに穿《は》いたんですけどね」

汐里は顔を真っ赤にしたあと、恥《は》ずかしそうにタイトスカートの裾《すそ》を払った。

「それって、俺とのデートを意識したからってこと？」

尋ねると、汐里は俯《うつむ》いてこくりと頷く。

……うん、可愛い。どうしてくれよう。反応がいちいち初心《うぶ》だから、まいってしまう。

「知基さんは相変わらず素敵ですね。遠目でも恰好よくて、道ゆく方がちらちら見ていましたよ」

「それは仕方ない。俺は見た目がいいからな」

ニヤリと笑みを浮かべると、汐里がクスクス笑った。

「副業でモデルをされているんですよね。さすがです」

「こういう仕事をしていると、自然と他人の目を意識してしまうんだよな。立ち方も、仕草も」

「なるほど。だからサマになっているんですね」

汐里が感心したように言って、俺は「そういうことだ」と頷いた。

「さて、行こうか。とりあえず適当にぶらぶら店を見てまわろうか？」

「あ、それも悪くないですけど、実は行きたいところがあるんです。構いませんか？」

いきなり出鼻をくじかれた。セオリー通りにいかないところは、さすが汐里である。

「俺は構わないけど、どこに行くんだ？」

「ここからですと、電車に乗る必要があります。私がよく通っている植物園なんですよ」

「植物園……？」

俺は目を丸くした。デートで植物園。悪くないが、デートスポットとしてはやや地味な印象を受ける。でもなんとなく汐里らしい。

「わかった、じゃあ案内してくれるか？」

「はい！　こっちですよ～」

汐里はそう言うや否や、小走りで駅の構内に向かう。俺は慌てて彼女の手首を掴《つか》んだ。

「待て、今日はデートなんだから、先に行くな！」

「あっ」

俺は問答無用で汐里と手を繋ぐ。彼女は足を止めて、恋人繋ぎをする手を見下ろした。

「こ、これで歩くんですか？」

「そうだよ。デートなんだし」

「結構恥《は》ずかしいです。この歳で、おててを繋いで歩く日が来るとは思いませんで

かしいことをやるのだ」

「ふふ、教えてやろう。デートとは、こういう恥《は》ずかしさに耐えながら積極的に恥《は》ずかしいことをやるのだ」

「なんと……!?」

汐里がその場でのけぞり、俺はクスクス笑う。

「ほら、行こう。恥《は》ずかしさは、そのうち慣れる」

「な、慣れますかねえ……」

汐里は顔を赤らめて、困った顔をしながら、構内を歩いて行く。

うーん、この感じ、新鮮だな。汐里があまりに、男性に免疫《めんえき》がないからかな。

学生時代を思い出すような……いや、俺の学生時代はなかなか爛《ただ》れていたので、爽《さわ》やかさとは無縁だったのだが、清涼感のある、柑橘類《かんきつるい》のような空気を感じる。

俺は汐里の案内についていき、しばらく電車に乗った。隣町くらいかと思っていたら、想像以上に遠くて、移動だけで四十分ほどかかってしまった。

そして植物園の最寄り駅で降りると、駅の近くに目的の植物園があった。

「ここですよ～」

「へえ、結構立派なところだな」

汐里が案内した植物園はなかなか広大だった。

「営業部とはあまり縁がないかもしれませんが、研究部では、この植物園に何度かお世話になっているんですよ」

「そうなんだ。知らなかったな」

「はい。新しい品種についてご意見を伺ったり、苗の育成具合を見てもらったりしています。ここは、薬草を専門にした植物園なんですよ」

「薬草……」

俺は目を丸くする。そういう植物園もあるのかと感心したのだ。植物園といえば、なんとなく温室で熱帯植物を観賞するようなイメージを持っていた。

「うちは、野菜や植物の品種改良もですが、薬草の種の研究もしているんです。薬効が強い品種や、育てやすい品種などですね。薬を作るのに、薬草は大事な原材料ですから」

「ふうん。ちょっと興味が出てきたな」

花を見ても、そこまで楽しいとは思わないが、仕事に関することだったら気になる。休日に仕事のことを考えるのはあまり好きではないが、自分の知らなかった分野を知るのは楽しい。

俺の言葉に、汐里は嬉しそうに微笑んだ。

それは俺の好きな笑顔だった。なぜか心がざわめき、同時に温かくなる。そして冷静でいられなくなる、汐里の優しい笑顔。

無性にどきどきして、視界に汐里しか入らなくなる。

「よかった。ではレッツゴーですね！」

彼女は手を繋いでいないほうの手をぐっと上げて歩き出した。

植物園の中は、温室区や水性植物区、樹木区など、様々なブロックに分かれていた。

「ふうん、なかなか充実した植物園じゃないか。薬草ばかりかと思ったが、染料や香料に使う植物も観賞できるんだな」

「そうなんですよ。人の生活に役立つ植物を中心に展示しているんですね。そして、毒薬になる植物も観賞できるんですよ」

「そっちはおっかないな」

「ふふ、でも、そういう植物があると知識として知っておくのはいいことだと思います。もし野生で毒のある植物を見つけたら、触らずに済むでしょう？」

「確かに。俺は山菜採りには興味ないけど、毒キノコとか、そうだもんな」

毒物は、割と身近なところにあるものなのだ。

しかし『薬効』という明確に意味がある植物を見て回るというのは想像以上に楽しい。

でもきっと、ひとりで見にいってもつまらないのだろう。

「知基さん、ムユウジュの花が咲いていますよ」

温室区で、汐里が指をさした。緑色の大きな葉の間にオレンジ色の小さな花が、まるでブーケのようにまるく集まって咲いている。

「可愛い花だな。汐里みたいだ」

「な、なにをサラッと恥《は》ずかしいことを言っているのですか。知基さん、怖いですよ」

「なにが怖いんだよ」

「気取った様子もなく、息をするように女の子を褒めるところがです」

「意味がわからん」

可愛いものを可愛いと言っただけなのに、なぜ怖がられなければならないんだ。汐里の言葉は謎すぎる。

彼女は気をとりなおしたようにコホンと咳払いをして、ムユウジュの花に目を向けた。

「無憂樹《むゆうじゅ》。これは、仏教において三大聖木《せいぼく》のひとつとして数えられているんです。ちなみに、樹皮が薬用に使われるんですよ」

「へえ〜、仏教か」

「沙羅双樹《さらそうじゅ》や菩提樹《ぼだいじゅ》は聞いたことありません？」

「あるある！　沙羅双樹《さらそうじゅ》の花の色〜の、あれだろ」

「そうです。平家物語《へいけものがたり》で有名でしたね。ちなみに沙羅双樹《さらそうじゅ》も薬効があるんですよ。もしかすると、インドの昔の人は、高い薬用効果からこれらの木を聖木《せいぼく》として大切にしていたのかもしれませんね」

眩《まぶ》しそうに目を細めてムユウジュを眺める汐里は、やけに知的で、綺麗《きれい》に見えた。

「あっ、サンシュユの花も咲いていますよ。可愛いですね～」

次に汐里が指さした木には、枝の先に黄色くて小さい花が控えめな様子で咲いていた。

「これも薬効があるのか？」

「はい。偽果《ぎか》を乾燥して、薬としては扱いやすいかもしれません。お酒に漬けると、薬用酒になりますよ。少し甘いので、主に漢方薬に使われます。ちなみに果物として」

「なるほど。ちなみに偽果《ぎか》って？」

「果実に似ているけれど、子房《しぼう》ではない器官のことを言います。ちなみに果物として売っているいちじくも、偽果《ぎか》なんですよ」

「ほう、知らなかった。勉強になるし、面白いなあ」

ふむふむと頷いて、ふと考える。

「……汐里の話は、説明がわかりやすいし理解もしやすい。こういうの、会社のセミナーでもやってくれたらいいのに。どうして汐里はセミナーの講師にならないんだ？」

うちの会社は、定期的に社内講習を開いている。研究部主催で、講師は研究員。受講生の多くは我ら営業部だ。一応強制ではないが……まあ、上司が参加したほうがいいと言っているので、強制みたいなものだ。

しかし正直言って、セミナーの勉強会はめちゃくちゃつまらない。

おそらく主任か課長クラスの研究員が教鞭《きょうべん》を振るっているのだろうが、小難しい専門用語の羅列《られつ》と、植物辞典の内容をそのまま言っているかのような面白みのない説明ばかりで、いまいち言葉が頭の中に入ってこないのだ。保田なんかいつも腕を組んで寝ている。俺も高校時代のつまらない授業を思い出しつつ、生あくびを嚙み殺している。

「汐里がセミナーの講師になってくれたら、皆、ちゃんと聞くと思うぞ。だって話が面白いし」

「あはは、ありがとうございます」

汐里は俺に向かって照れくさそうに笑った。そして、ふたたびサンシュユの花を見上げる。

「でも、セミナーや研究の発表会は、男性の研究員がやる決まりですので……無理なんですよ」

「え……」

ざあっと冷たい風が吹いた。汐里の長い髪が、さらさらと揺れる。

「私もなんでかな～と思って、上司に理由を聞いたことがあるんですけどね。いろいろな知識を持っている女性を嫌う男性って、少なくないそうなんです。そういう男女関係の摩擦《まさつ》みたいなものを避けるために、女性研究員は表舞台に出ないしくみになっているんですよ」

「はあ？」

俺は思い切りしかめ面になってしまった。

知識を持つ女を、男が嫌うって？　なんだそれ。世の中の男は、器小さすぎじゃないか？

汐里はこちらに顔を向けると、頬をかきながら苦笑いをする。

「いや〜、私も長く研究室に篭《こ》もっていたので、世間一般の常識には疎《うと》いところがあるんですけど、中でも院卒の女性って、嫌われるどころか、引かれちゃうんですって。合コンとかに参加すると高い確率で売れ残るんだとか」

困ったものですね〜と、汐里はのんびりした口調で言った。

その言葉使いこそ普段通りだが、彼女の表情には隠しきれない寂しさがあった。

——汐里は、どんなふうに学生生活を送っていたのだろう。少なくとも、俺みたいにモデル業をしながら気楽に異性と付き合い、遊んでいたようには見えない。きっと、今の会社でやっているのと同じように、大学院で研究に明け暮れていたに違いない。

その中で、女性ならではの悔しさや辛さを味わっていたのだろうか。そして会社でも、豊富な知識と地道な研究で成果をあげる汐里を快《こころよ》く思わない奴らがいて、陰口を叩くのを聞いたのかもしれない。

俺はぐっと汐里の手を握りしめた。

「ばか。それは嫌ってるんでも、引いてるんでもない。単なる嫉妬《しっと》だよ。恰好悪い」

俺の言葉に、汐里は「え？」と間の抜けた声を出して、首を傾げた。

「いわゆる『学歴コンプ』ってやつだ。自分よりできるヤツが気に入らないだけの僻《ひが》みだよ。少なくとも俺は、お前のことを尊敬してる。すげえヤツだって思ってる」

汐里の目が驚きに丸くなる。俺は自分が口にした言葉がやけに恥《は》ずかしいと思ってしまい、すぐさま余計な一言を付け足してしまった。

「へ、変人だけどさ」

だいたい、研究棟から営業部まで、移動にどれだけかかると思っているんだ。研究棟は別の建物なんだぞ。それなのに、なんでサンプルを嗅《か》ぎつけるんだよ。だから変人なんて言われるんだぞ。

汐里はしばらく呆けた顔をしたあと、ぷっと噴き出した。

「変人でごめんなさい」

「いや、でもまあ、汐里はそれでいいと思う。営業部でも、汐里は研究員の中で親しみやすいほうだって言われているし」

「そうなんですか？」

「だからといって、サンプル種子を嗅《か》ぎつけて、うちの女性営業に詰め寄らないように。

普通に怖いから」

人差し指を立てて言い含める。汐里は少し考えたあと「今度からはノックしますね」と、ずれたことを言った。

基本的に、研究員はド真面目で融通《ゆうずう》の利かないやつか、理系のインテリを気取ったやつが多い。頭の作りは自分のほうが上だと思っているのか、あからさまに他部署を見下す者もいる。

そんな中で、汐里は誰に対してもマイペースだし、他人に壁を作らない。ある意味、汐里は営業部の中で癒《いや》しの存在なのである。ちょっと変なやつだけど話しやすい。そんな立ち位置だ。

——でも、俺のその認識は、間違っていたのかもしれない。

実際のところ、汐里は普通の女性と変わらないんじゃないだろうか。研究が大好きで、ちょっと人より嗅覚《きゅうかく》が鋭いけれど、当たり前のことで傷付いたり、悲しんだりする。ただ、そういうところを他人に見せないだけなのではないだろうか。

「俺は、そこまで勉強ができるわけじゃない。地頭は間違いなく汐里のほうが良いし、学歴も負けてる。それでも俺は汐里が可愛いと思うし、汐里と話すのが楽しい。……汐里は、どうだ？」

汐里は質問の意味がわからなかったのか、不思議そうな顔をして目を瞬《またた》かせる。

「だから、自分より頭の悪い男と話して、楽しいのかって聞いているんだよ」

口に出すとなんだか悔しい。少し唇を尖《とが》らせて言うと、汐里は目を丸くして「あははっ」と楽しそうに笑った。

「もちろん楽しいです。それに……」

汐里は途中で言葉を止めて、すうっと深呼吸をした。

そして、穏やかな笑顔で俺を見上げる。

「知基さんのそういうところ、私、結構……好きですよ」

落ち着いた静かな言葉に、俺は息を呑む。

急にどきどきと動悸《どうき》が激しくなった。俺は逆に、汐里のそういうところ——すごく、困る。

なんだよ、普段はのんびりして間の抜けたようなことばかり言っているくせに。時々大人びた微笑みを見せて、知的な女性らしさを見せる。

これはギャップというものだろうか。落ち着いている時の汐里は、少し近寄りがたくて、年相応の大人びた雰囲気があるのだ。それを見るたび、鼓動がどきどきと跳ね上がる。

「——そっか。ありがと」

なんで俺のほうが照れているんだ。好きだなんて言われ慣れているのに。

なぜか汐里が口にした『好き』という言葉は、初めて告白されたみたいな新鮮味があった。

植物園をのんびり回ってから、少し遅めのランチにしようという話になった。

汐里は何が好物なのか尋ねてみたら、少し困った顔をして「なんでも食べますけど、これという好物はないんですよ。生野菜とほうれん草がちょっと苦手です」と答えてきた。

なるほど。まあ毎日の食事がエナジーバーとインスタント味噌汁で事足りていた女なので、特に驚きはしない。でも、それはそれで困ったなと、俺は腕を組んで考えた。

「あ、そうだ」

思い出したように汐里が手を叩く。

「知基さんのスパゲティはおいしかったです」

「ああ……あれか」

ほうれん草とサーモンのクリームパスタ。特に珍しい料理ではないので、そのへんのイタリアンレストランでもメニューにありそうだ。

でも、汐里が言っているのはそういうことではないのだろう。

汐里は俺の料理を好きになってくれたのだ。心が仄《ほの》かに温かくなる。嬉しい、という気持ちが心を満たしていく。

ああ、そういえば。付き合っていた女の子に料理を振る舞ってもらうことが多かったけれど。

好きな人が自分の料理をおいしそうに食べてくれるというのは、こんなにも幸せな気分になるものだったんだな。

「じゃあ、昼飯は俺の家で食べるか？　スーパーに寄って、買い物しよう」

俺がそう言うと、汐里はパッと顔を綻《ほころ》ばせた。

「それは是非！　楽しみです」

そうと決まれば善は急げだ。俺達は電車に乗ってマンションの最寄り駅に戻ると、駅前のスーパーで買い物をした。汐里のリクエストはクリーム系のパスタだったので、今回はカルボナーラと野菜スープに決める。

「知基さんってすごいですね。料理は上手だし、お部屋は綺麗《きれい》だし、お顔は恰好良いし、なんというか完璧超人じゃないですか？」

カルボナーラを作る俺の横で、汐里はまじまじとフライパンを見ながら感心している。

俺は呆《あき》れたため息をついた。

「お前んちは、いったいどんな部屋になってんだよ」

「そ、それはその、ノーコメントということで……」

「よし、次のデートは汐里のお宅訪問で決定だな」

「ええええっ！　それは大変困ります～！」

汐里が泣きそうな声を出すので、俺は思わず笑ってしまう。

「どうせ植物だらけなんだろ。鉢植えが並んでるとかさ」

「と、知基さんはエスパーなんですか⁉」

「なわけないだろ。ベランダで品種改良してるって言ってたけど、お前のことだから、ベランダのスペースに収まるわけないと思ったんだ」

「うう、大正解です。マンションの中に温室は作るものじゃないですね……」

「温室⁉」

さすがに驚いた。汐里の家は本当にどんな状態になっているんだ。

「はあ、お前って本当に研究のムシなんだな。大学のころからそうだったのか？」

「そうですね。作りたいものや、やりたいこと……、そういうものを心ゆくまで追い求めていたら、いつのまにか大学院に入っていました」

あはは、と汐里が笑う。

「作りたいものや、やりたいこと。それって、なんだ？」

茹で上がったパスタをフライパンに入れながら尋ねると、汐里は恥《は》ずかしそうに自分の指同士を突《つつ》いた。

「えっと、世界にはですね、日本で栽培するのが難しい植物がいっぱいあるんです。野菜や果物、それから花。私はそういった品種を、できるだけ栽培しやすいように改良していきたいんですよ」

暑いところでしか育たない植物や、逆に寒冷地でないと枯れてしまう植物。日本の気候に合わないものは、確かにいっぱいあるだろう。

「今日行った植物園のように、温室や冷房室などの設備が整ったところならある程度可能かもしれませんが、当然コストがかかります。私はできるだけ、一般の家庭でも手に入りやすい作物を――最高の種を、作りたいと思っているんですよ」

カルボナーラソースをパスタにからめながら、俺はちらりと横目で汐里を見る。

夢を語る汐里は、伏し目がちだったが穏やかな笑みを浮かべていた。

ぐらりと、心が大きく揺れ動く。

汐里は、俺が出会ってきたいろいろな女性と、なにもかもが違っていた。童顔で、顔は可愛いが、言動はわりと変人。だけど、俺にはできないすごい夢を持っている。そして、夢を叶えるために努力して、勉強を重ねて、うちの研究部に就職して――少しずつ、夢に向かって進んでいる。

「汐里は、すごいな」

欲しい――と。強く望んだ。

こういう女性に出会いたかったのだと、心が叫んだ。

頭がいいとか、今までと毛色が違うとか、そういう理由じゃなくて……彼女の傍にいたら、自分がよい方向に変わることができる気がした。

触れたい、俺のものにしたい。そういう独占欲はもちろんあるけれど、それ以上に、汐里の生き方が綺麗《きれい》で、憧《あこが》れに似た気持ちを抱いた。

俺は、彼女のように夢中になれるものがあっただろうか。綺麗《きれい》な夢を描いたことがあっただろうか。

幼いころから、どこか冷めていた。家庭はすでに崩壊しており、両親は不和どころか無関心。ベビーシッターはいいかげんで、俺自身、モデル業が忙しかった。

そう、俺は――心を育てるきっかけをなくしたまま、ここまで来てしまったんだ。

汐里とカルボナーラを食べて、淹《い》れ立てのコーヒーを飲む。

「はあ～、極楽ですね～」

俺の淹《い》れたコーヒーを飲む汐里は幸せそうな顔をしていた。

「カルボナーラは濃厚でまろやかで、大変おいしかったです。それに、このコーヒーが素晴らしい。まるでカフェに行っているようですよ～」

「普通のコーヒーだぞ。淹《い》れ方も、至って普通のペーパードリップだし」

「う～ん。どうして私がコーヒーを淹《い》れると、おいしくないんでしょうか。味が薄くなるんですよ」

「それは単純に、お湯を入れすぎているんじゃないか？」

俺が言うと、汐里は「そうなのかなあ」と困ったように腕を組んだ。

「――汐里」

コーヒーを飲みながら、ひとつ決意をして、彼女の名を口にする。

「はい」

コーヒーカップを両手で持ちながら、汐里がこちらを向いた。

「俺、やっぱり汐里が好きだ」

まっすぐに、彼女を見つめた。とろけるような黒い垂れ目に、俺の姿が映る。

そういえば汐里と付き合い始めた時もこんな感じだった。

「だから……というわけじゃないんだが。その」

言おうとした言葉がとぎれる。思春期の少年じゃあるまいし、なんで今更緊張しているんだろう。

しっかりしろ、と自分を鼓舞《こぶ》し、勢いのままに言った。

「汐里を、抱きたい」

その言葉に、汐里は驚いたように目を丸くした。

「へ……」

「触れたいんだ。思う存分汐里を感じたい。俺は結局、それしか方法がわからない」

口にしたら情けないような格好悪いような感じがした。

俺のなかで、恋人と付き合うということはイコールセックスである。というか、そういう付き合いしかしてこなかったから、他に親密になる方法を知らない。

なにかをプレゼントするとか、ごはんをごちそうするとか。そういうことはしていたけれど、最終的には肌を重ねるくらいでしか『恋人らしさ』を感じることはできなかった。

こんな俺に、汐里は幻滅《げんめつ》するだろうか。

汐里は……少し考えるように目を伏せたあと、ゆっくりと顔を上げる。

「わかりました。それは知基さんにとって、恋人との付き合いに必要な行為なんですね。それならいいです」

イエスかノーか。限りなくイエスということなんだろうけど、どこか回りくどい言い回しで、汐里は承諾《しょうだく》した。

「大丈夫なのか？」

「ええ。私は初めてなので右も左もわかりませんが、それでも構わないのなら」

汐里は、経験のない女だった。

いや、そういう女性と付き合ったことがない、わけではないけれど。

なぜか不思議な罪悪感があり、うしろめたく感じてしまって、俺はもう一度確認してしまう。

「俺は、好きじゃないかもしれない男なんだろ。そういうの、嫌じゃないのか」

「おや、言われてしまいましたね」

汐里は困った様子で苦笑いをした。

「んー……、それを言われるとちょっと辛いのですが、それでも、知基さんと付き合うなら、いずれこういう時はくるだろうと予想していました。ですから、最初から覚悟済みですよ」

気を取り直したように、にっこりと微笑む。

「ですからどうぞ、ご遠慮なさらず。むしろ私にレクチャーして頂けますと幸いです。知基さん、テクニシャンっぽいですし」

次は俺が目を丸くした。そして、思わずぷっと噴き出してしまう。

「お前、やっぱり変なやつだなあ」

「ええ……そうですか？」

「レクチャーしろとか、テクニシャンっぽいとか。そんなこと言われたの初めてだよ。雰囲気も台無しだし、ちっともロマンティックな気分になれない」

「す、すみません……。こういう時は、雰囲気重視なのですね。空気を読めと……」

汐里がもじもじと自分の指同士を絡ませる。俺はそんな彼女の頭をわしわしと撫《な》でた。

「大丈夫。汐里に空気を読めなんて高度な注文を、つけるつもりないから」

「どっ、どういう意味ですか。さすがに私だって、空気くらい読めますよ」

「え〜、そうか？　そんなふうにはまったく見えないな。ピリピリした営業会議中に突撃訪問してきて、俺に『テスト種子を恵んで下さい！』と正座して頼んできたのは、もはや営業部の伝説になっているんだが」

「あっ、あれはその〜、だって知基さんが、例のライバル種苗《しゅびょう》メーカーと共同開発するために本社へ挨拶《あいさつ》に行ったと聞いたものですから……！」

わたわたと言い訳する汐里がおかしくて、可愛くて、俺は汐里の腕を引き、抱きしめた。

「あっ」

「汐里……ありがとう」

汐里の髪に頬を寄せる。優しいハーブの、柔《やわ》らかな匂いがした。

「俺はテクニシャンでもなんでもないけど、大事に、抱くから」

別に、今までだって乱暴に扱ってきたつもりはない。だれかと付き合っている時はそれなりに大切にしていたし、無理強いは一度もしたことがない。

でも、汐里を胸に抱いて思った。俺はずっと、満たされなかったのではないだろうか。

そして満たされたかったのではないか。

どれだけ肌を重ねても、心はからからに渇いていた。

一度として執着できなかったのは、それが理由なのかもしれない。どんな女性が相手でも。

だから俺は、今度こそと期待している。もしかしたら汐里こそ、俺の心を満たしてくれるのではないかと。

――しかし、そんな気持ちを持つと同時に、理由のわからない罪悪感がずっと胸の奥にこびりついていた。


夕方と言うには少し早いけれど、太陽が少し西に傾いた、昼下がり。

カーテンを閉めきり、照明のついていない寝室は、薄暗い。

電気をつけるかと聞いたら、消したままでいいと答えられた。

「さすがに、少し、緊張しますね」

ベッドに腰掛けた汐里が、膝の上で手を組み、ぽつりと呟く。

そんな彼女の頬に触れて、俺のほうに顔を向けさせた。

「汐里はなにも考えなくていい」

触れるだけのキスをする。唇に触れると、汐里がぴくっと肩を揺らした。

本人が言っているとおり、緊張しているらしい。それに、身体が小刻みに震えている。どうして……汐里は、俺を受け入れてくれたのだろう。

今更ながらにそんな疑問を持った。恋やセックスに少しでも興味があれば、ここまで震えはしないはずだ。でも、汐里は今、明らかに怖がっている。

「……大丈夫か？」

心配になって声をかけた。すると汐里はふるふると首を振ったあと、何度も頷く。

「大丈夫です。続けて下さい」

その声はか細かったけれど、不思議な決意を感じた。汐里なりに覚悟しているということか。

「わかった」

俺もぐだぐだ考えるのはやめよう。言い出したのは、他ならない自分だ。

ふたたび唇を重ねて、下唇を撫《な》でるように舐《な》める。ぴくぴくと震える汐里の身体を、柔《やわ》く抱きしめる。

「は、ぁ」

息をひとつして、大きく口を開けた。顎《あご》の角度を変えて、噛みつくように深く口づける。

「ん、む……う」

唇をぴったり合わせるようなキスに汐里が身じろぎをしたが、抱きしめる腕に力を込めて逃げられないようにした。

そして、ゆっくりと舌を差し入れる。生温かい、汐里の口腔《こうこう》へ。

「ん、んっ」

ディープキスはもちろん初めてなのだろう。汐里が困ったようにイヤイヤと首を横に振る。だが、すでに賽《さい》は投げられたのだ。もう、やめることはできない。やめたくない。

舌でまさぐり、汐里の舌を探し出す。奥に縮こまっていたそれは、緊張しているのか硬くなっていた。

「力を、抜いて」

小さく呟き、ふたたび口づける。宥《なだ》めるように両肩を撫《な》でて、汐里の舌を絡め取る。

ふっ、と汐里は鼻で息をした。目はぎゅっと閉じられている。

まるで口に入れた氷を溶かすみたいに、ゆっくりと、じんわりと、汐里の舌を舐《な》め続けた。

汐里の身体はまだ強張《こわば》って震えているが、少しずつ、舌が柔《やわ》らかくなっていく。自分の熱を分け合うように舌と舌を合わせ、時折、舌先で優しくなぞる。

「はっ、は、……っ」

汐里の息が上がってきた。俺は彼女の腰に腕を回して、ぐっと引き寄せる。

歯列を舐《な》め、頬の裏をなぞり、大きく啄《ついば》むみたいに唇を吸った。

ちゅるっ、と。濃厚なリップ音が寝室に響く。

「汐里」

好きな女の名を呟き、柔《やわ》らかな首筋に唇を這《は》わせる。

「あっ、くすぐった……っ」

汐里が思わずといった様子で首をすくめた。くすりと笑って、今度は耳朶《じだ》に唇を寄せる。

「首、弱い？」

「……今、知りました。弱い……みたいです」

汐里が顔を真っ赤にして話す。俺は笑いがこみ上げるのを噛み殺して、耳のふちにキスをした。

素直だなあ。弱いなんて言われてしまったら、もっと責めたくなるじゃないか。

見たい、見たい。汐里のいろいろな顔を。乱れる姿を。甘い声を。

俺は汐里の身体を抱き寄せて、耳朶《じだ》からゆっくりと首筋に向かって舌を這《は》わせた。

「は、はっ、んんっ、ひあっ」

汐里は俺の腕の中でびくびくと身体を震わせる。本当にくすぐったいのだろう。目はぎゅっと瞑《つむ》って、唇を引き締めて、懸命に耐えている。

ああ、可愛い。どんどん追い詰めたくなる。

俺は汐里の首筋に啄《ついば》むようなキスを繰り返しながら、彼女のニットの裾《すそ》から手を差し込んだ。

「ふっ、あ⁉」

びくっと汐里が震えた。しかし、俺が首筋をくすぐるように舌で舐《な》めると、すぐに「ひゃうっ」と声を出して首をすくめる。

たまらずクスクスと笑いながら、汐里のなめらかな背中を撫《な》でた。

「敏感だなあ」

「と、知基さん、わざとくすぐっていませんか」

「とんでもない。ごく普通の愛撫をしているだけだよ」

反応が面白いのは否定しないけどね。

ニットの中。汐里の背中は絹《きぬ》のように触り心地がいい。人差し指で、腰から背骨を伝って撫《な》で上げると、汐里がぷるぷると震える。

「や、ぁ……んっ！　それも、くすぐったいですっ！」

首を横に振る汐里に、やっぱり笑ってしまった。

「腕に鳥肌が立っているくらいだからよほどなんだな。可愛い」

俺が触れて、いちいち汐里が反応してくれるのが嬉しい。

今までと違う——と、本当は比較してはいけないのだろうけど、どうしても過去を思い出してしまう。誰かと付き合って、一番、恋人らしいことをしていると自覚するのは、俺の場合はセックスだった。それさえすれば、自他共に恋人だと認められる気がした。

まあ、普通に気持ちがいいものだし、楽しいし、これぞ恋人の特権みたいなものだろう。

……でも、それだけだった気がする。

セックスで得られるものは性交の快感のみで、他にはなかった。そんなものだろうし、それでいいと思っていた。

「汐里、頑張れ。もっといろいろ触るからな」

微笑んで言うと、汐里はちょっと泣きそうな顔をしたが、こくりと頷く。

面白いなあ。そうだ、面白い。汐里と触れあうのは、なぜだか心がはしゃぎだす。

「俺と同い年とは思えない初心《うぶ》さだな」

「だ、だって……」

汐里が唇を引き締めて下を向いた。そして小声で「研究ばっかりしてたんだもん」と、悔しそうに呟く。ぷっと噴き出してしまい、はあとため息をついた。

「たまらないよ。お前は」

このまま汐里の可愛い声を聞いていたら、箍《たが》が外れてしまいそうだ。俺は汐里の背中に手を這《は》わせて、ブラのホックをぷちりと外した。

「あっ」

まさかそんなことをされるとは思わなかったのか、汐里が目を丸くする。そして、俺の目をまじまじと見た。

「片手でホックを外すなんて……器用ですね」

感心したように言うので、俺は「普通だろ」と答えた。すると彼女は静かに微笑む。

「手慣れているんだなって、思ったんですよ」

その言葉は——俺の心をぐさりと突き刺した。なんというか、致命的な一撃だった。

「…………」

余計なことを言うなと減らず口を叩いてもよかった。当然だろと余裕めいたことを言ってもよかった。でも、実際には何も言葉が出てこなかった。

俺は下唇を噛み、少し乱暴にニットをまくり上げる。

「ひゃ」

汐里が驚きの声を上げるが、気にしない。

手慣れている？　それは当たり前だ。何人食ったと思っているんだ。そんなこと汐里はわかっている。俺も自覚している。今更純情ぶるつもりなんてこれっぽっちもない。

それなのに……なぜか心がしくしく痛んだ。その痛みから逃れるように、ニットをブラごとたくし上げて、彼女の胸を露《あら》わにした。

「は……う……っ」

汐里は顔を真っ赤にして、横を向き、目を瞑《つむ》っていた。恥《は》ずかしくてたまらない。そんな感じだ。

白くて、まろみのある、柔《やわ》らかな双丘《そうきゅう》。穢《けが》れを知らない乳首はベージュピンクで、つんと小さく尖《とが》っている。

たまらなかった。大事に抱くと言った自分の言葉も忘れてしまって、汐里の乳房を大きく掴《つか》む。

「あっ」

ぴくんと汐里の身体が震えた。ふわふわと柔《やわ》らかい乳房の弾力を楽しむように、揉《も》みしだく。

「気持ちよくて、なにも考えられないようにしてやる」

片腕で抱きしめて、まるでケンカを売るように耳元で低く囁《ささや》いた。汐里の身体が小刻みに震える。

それは気持ちがいいからか、それとも怖いのか。汐里の反応がわからないまま、俺は白い乳房の頂《いただき》にある小さな突起に触れた。

「ひゃっ、ああっ」

汐里が悲鳴めいた声を出す。聞き流して、両手で乳首を摘まみ上げる。快感を引き出すように。何も考えられないように。余計なことを言われないように。

「汐里……ンッ」

奪い取るように、彼女と唇を重ねた。

華奢《きゃしゃ》な汐里の背中をうしろから抱き込んで、柔《やわ》らかく、乳首を擦る。マシュマロのように柔《やわ》らかな弾力を持っていた乳首は、段々と快感を受け取って硬さを帯《お》びてきた。少し力を加えて、ぐりっと甘く抓《つね》る。

「やっ、ああんっ」

汐里が嬌声《きょうせい》を上げた。ぴんと指で弾《はじ》いたあと、あやすように人差し指で優しく撫《な》でる。

「はあ、は……あ……」

小刻みに震える汐里は、かたく目を瞑《つむ》り、熱いため息をついた。心なしか、睫《まつげ》が濡れている。

「……気持ちいいか？」

小さく、囁《ささや》いた。汐里は何度も息を吐きながら、コクコクと頷く。

「は……い、気持ちいい……です」

それは正直すぎる答えだった。恥《は》ずかしいけれど、質問には答えなければならないという汐里の誠実な性格が見てとれた。

「素直でよろしい」

微笑ましい汐里の反応に気をよくした俺は、仄暗《ほのぐら》く微笑む。

ああもっと。もっと、気持ち良くしたい。俺の腕の中で乱れさせ、溶かしてしまいたい。

俺は汐里の背中側から回した手で乳首を弄《いじ》りながら、もう片方の乳首に吸い付いた。

ちゅくっと音がして、汐里の身体がピンとしなる。

「んあっ、ひ、う……っ」

ぎゅっと汐里が目を瞑《つむ》る。コリコリした乳首の感触を指で愉《たの》しみながら、舌で乳首を転がした。

時折柔《やわ》く吸うと、ちゅっと淫《みだ》らなリップ音が鳴る。

口を大きく開けて、舌の表面でざらざらと擦るように舐《な》めると、汐里の身体はリズムを刻むようにびくびくと震えた。

「はあ……」

たまらない。身体が熱い。俺の準備なんて、とっくの昔に出来上がっている。

服の中で性器が肥大し、硬く勃ち上がろうとしている。早く外に出したいという気持ちを抑え込んで、愛撫に徹した。

汐里を恋に落としたい。

いつも飄々《ひょうひょう》としている汐里を、俺に夢中にさせたい。

俺との絡みが気持ち良いものなのだと身体に刻み込み、俺がいない時は寂しいと思ってもらいたい。

「汐里……っ」

名前のない衝動に突き動かされるように、手が勝手に動く。

胸の愛撫を続けながら、片手は柔《やわ》らかな腹を辿《たど》り、更に下へ。

スカートのホックをぷつりと外して、ファスナーを下げる。

「ひっ、あっ」

汐里が声を出すが、気にしない。飾り気のない白いショーツの中に、自分の手を差し入れた。

「恥《は》ずかしいのか？」

乳首を舌で弄《いじ》りながら尋ねると、汐里はイヤイヤと首を横に振る。

「当たり前ですよっ」

「でも、セックスはここを使うから」

「わ、わかってますよ、それくらいは……」

「ちゃんとほぐさないと。初めてなら、念入りなくらいに」

俺が静かな口調で言うと、汐里は信じられないものを見るかのように目を見開く。

「ほ、ほぐすって、あの、具体的にはどういう……？」

その、今にも泣きそうな、途方に暮れたような顔。理性が飛んでしまいそうなほど可愛い。

俺はニヤリと笑みを浮かべると、ショーツの中に入れた指で彼女の柔《やわ》らかい秘裂をくちりと割った。

汐里が息を呑む。

秘めた場所を指で探り、蜜口の周りを人差し指でくるくると撫《な》でる。

「はっ、ヤ……っ」

汐里は思わずといった様子で脚を閉じようとした。だが、そうはさせまいと、俺は彼女の乳首をぎゅっと抓《つね》る。

「ひゃっ、あぁあっ」

汐里の身体は大きくしなり、俺は更に追い打ちをかけようと乳首にむしゃぶりつく。

じゅくちゅくとはしたなく音を立てて乳首を吸い、舌先でチロチロと舐《な》める。

「はあ、ぁ、はっ」

汐里の息が上がってきた。蜜口からトロトロと愛液が零れて、俺の指に絡みつく。

ぬめりを帯《お》びた指で、秘裂を優しく擦った。

びく、びく。汐里の身体が、俺の愛撫に反応するかたちで震える。

「そろそろ、見てもいいか？」

「へ……？」

汐里がとろけた顔で俺を見上げた。無性に欲しくなって、汐里の唇に口づける。

「どんな様子か確かめたいんだ」

「は、はい。……でも、どこを……」

ふわふわした様子の汐里は不思議そうに首を傾げる。俺は言質《げんち》を取ったとばかりに体勢を変えて、汐里をベッドに寝かせた。

そして彼女のショーツを脱がせ払うと、その脚を大きく開かせる。

「きゃっ！」

汐里は目をまんまるにしたあと、顔を真っ赤にした。

「や、確認って、そんなとこ、ですか……っ」

「他にないだろ」

「そっ、想像もついていませんでした。やだ、これはさすがに恥《は》ずかしいです……っ！」

汐里が両手で顔を覆《おお》う。そんな初々《ういうい》しい態度を取られると、もっとあられもない恰好にさせたくなる。

俺は汐里のニットも力ずくで脱がせた。ついでにブラも取ってしまい、汐里は真っ裸になってしまう。

「うう……っ、わ、私だけ裸にされてるのに、知基さんは全部着てるなんて不平等です……っ」

汐里が恨みがましい目で睨《にら》むが、そんな赤ら顔で睨《にら》まれても可愛いと思うだけだ。

「俺の裸が見たいなら、全部脱ぐけど？」

そう言って、汐里の上にまたがると、おもむろにズボンのボタンを外す。

「わーっ！　待って、そこはその、もう少し心の準備を……っ！」

どうやら男の裸にも耐性がないようだ。そして男性器を見る勇気はまだ出ないらしい。

俺はくすくす笑って「冗談だよ」と、上のシャツだけ脱いだ。

「研究オタクの汐里は、こっちに関してはすごく純情だったんだな」

「じゅ、純情のつもりはないのですが……」

「もっと興味津々になるのかと思ってた。俺のモノをマジマジ見てさ、『性器の研究ができます～！』とか言って、勝手に触ったりいじったりし始めるのかな、とか」

「知基さん、いじわるです。そんなことは、さすがにできません」

汐里が拗《す》ねたように唇を尖《とが》らせてそっぽを向いた。

「ごめん」

笑いながら謝って、汐里の唇にキスをする。

「詫《わ》び代わりに、めちゃくちゃ気持ち良くしてやるから」

「めちゃくちゃって……」

汐里が困った顔をする。

ああ――ほんと、グチャグチャにしたい。こんな気持ちになったのは初めてだ。

綺麗《きれい》でキラキラ輝いているものを、汚らしく穢《けが》したい。そんな、誰にも言えない黒い感情が心の中で渦巻いている。

でもそれは、憎たらしいからとか、嫌いだからとかじゃない。きっと、どうしようもないくらい、好きになっているからだ。

「汐里を、俺と同じところに、堕《お》としたい」

乱れさせて、蕩《とろ》かして、淫《みだ》らにさせて。

俺とのセックスを、好きになって。

そうすればお前は、俺から離れられなくなるだろう?

不思議な焦燥感《しょうそうかん》が俺を急かす。

汐里の脚を大きく開いて自分の身体を挟み込ませる。彼女の太腿《ふともも》を俺の太腿《ふともも》に乗せるような体勢にして、秘裂を両手で開いた。

匂い立つ、女の香り。

初々《ういうい》しさのある甘酸っぱい匂い。汐里の秘所は薄いピンク色をしていて、ささやかな愛液でしとやかに濡れていた。

「はあ」

たまらなくなって、息を吐く。まずはじっくり指で慣らしてからと思っていたけれど、自分が止められなかった。

かぶりつくように、汐里の秘所に舌を這《は》わせる。

「やぁんっ！　あぁっ」

汐里の身体がバネのようにバウンドした。閉じようとする太腿《ふともも》を両手で押さえ込み、舌で大きく秘裂を舐《な》める。

くちゃくちゃと、ぺちょぺちょと、いやらしい音が寝室に響いた。

「～～ッ、ふ、ううんっ！」

汐里は太腿《ふともも》をがくがく揺らしながら、目をぎゅっと瞑《つむ》って快感に耐えている。

――やっぱり、声を出すのは恥《は》ずかしいんだな。

いじらしい反応が微笑ましくて笑ってしまう。

「汐里。我慢すると余計につらくなるぞ」

「ふ、ぇ……？」

「思うまま、声を上げたらいい。気持ちいいって正直に言えばいい。そうしたら、楽になる」

「楽に……」

汐里がとろんとした目で、俺の言葉を繰り返す。

そう、楽になる。もっと気持ち良くなって、おかしくなれる。

「ここには俺と汐里しかいないんだから、思い切り乱れてもいいんだ」

目を細めて、悪魔のような囁《ささや》きを口にする。

「ほら、ここ。気持ちがいいところだよ」

舌先を伸ばし、秘裂の先端にある秘芽を柔《やわ》らかく掬《すく》い取る。

びくんと汐里の身体が反応した。

優しく、丁寧に、舌を使って秘芽の皮を剥き、ちろちろと舐《な》める。

「ひンっ、んあ、やっ、そこ、ダメ……っ」

初めて秘芯を弄《いじ》られた汐里は息も絶え絶えだ。俺はしつこいくらいに舐《な》め回しながら、チラと汐里を睨《にら》む。

「ほら、我慢するなって言っただろ。気持ちいいなら、そう言えって」

「あぁっ！　あ、きもちい……からあっ……っ！」

そう口にした途端、汐里の身体は大きくのけぞった。ピンと足のつま先が伸びて、びくびくと震える。

俺はちゅるっと秘芯を吸い取って、じゅくじゅくと舌の上で転がした。同時に、中指を蜜口にゆっくり差し入れる。

「あぁあぁあっ！」

汐里の嬌声《きょうせい》が大きくなった。俺の枕をぎゅっと掴《つか》んで、太腿《ふともも》が小刻みに震える。

「──ふっ」

素直な反応に嬉しくなる。俺はなおも秘芯を舐《な》めながら、膣内に挿れた中指を前後にスライドした。

ぬち、ぬちゅ。俺が指を引くたびに、ナカから愛液が零れ出す。余程気持ちがいいのだろう。蜜は溢《あふ》れるほどに零れ落ちて、ベッドのシーツを淫《みだ》らに濡らした。

俺はその愛液をぬぐうように、秘裂に舌を差し込んで大きく舐《な》め取る。

じゅるっ。いやらしい音を立てて、甘酸っぱい汐里の体液を呑み込む。

「あ、そんなの、舐《な》めたら……ダメ……っ、お腹、壊しちゃう……」

汐里が顔を赤らめたまま、困った顔をした。

俺は身体を上げると、汐里の身体に覆《おお》い被さり、笑った。

「汐里を、味わってみたかったからさ」

話しながらズボンを脱ぎ、枕元に用意していた避妊具のパッケージを口で引き裂く。

「味……って、絶対、おいしくないですよね……」

「おいしくはないけど、すごくむらむらする」

「むらむらって」

照れたのか、汐里は横を向いた。

俺はそんな彼女の照れ顔をじっくり見ながら、片手で自分のモノの度合いを確かめる。

どうやら俺も、いつになく興奮しているらしい。いつになくソレは硬く勃起しており、天を向いた先端からは先走り汁が零れ出ていた。

今まで知らなかったけど、感情は性欲と直結するらしい。

汐里が欲しいという気持ちが、そのまま性器に繋がっている。一回では絶対に足りないだろうと、予感した。

「汐里、挿れるぞ」

彼女の腰を腕で支えて言う。汐里は一度目を開くと、また目を瞑《つむ》ってコクコク頷いた。

「ドキドキが、すごくて、心臓が口から飛び出しそうです……」

汐里の呟きが可愛くて、思わず笑ってしまう。

「俺もだ」

「う、嘘。慣れてるんでしょう?」

「こういうのは、気持ちの問題だからな」

目を和《なご》ませ、自分のモノを汐里の蜜口にあてがった。ぐ、と腰に力を入れて、己の性器を挿し入れる。

知らず、はあと感嘆《かんたん》のため息を吐いた。

「これで汐里は、俺のもの」

しみじみ言って、ゆっくりと慎重に、彼女のナカを突き進む。

「はっ、あ、っ、くぅ……っ」

汐里はいっぱいいっぱいなのか、言葉を口にする余裕もないようだ。

顔を真っ赤にして、ぎゅっと握りこぶしを作って、俺のものを懸命に呑み込んでいる。

「息、して。吸って」

俺が囁《ささや》くように助言すると、汐里は口を大きく開けて息を吸った。

「吐いて」

汐里は口を開けたまま、息を吐く。そのタイミングで、性器を奥へ勢いよく侵入させた。

「あぁぁああっ！」

びくびくと震える汐里の身体を、思い切り抱きしめる。

「痛いかもしれない。どうだ？」

やわやわと背中を撫《な》でながら尋ねると、汐里は涙を浮かべて首を横に振った。

「ちょっと……痛かった、かも。でも、大丈夫……です」

「こればっかりは、俺にはわからなくて。でも、できるだけ優しくするから」

頭を撫《な》でると、汐里は涙を一筋流しながらも嬉しそうに笑った。

俺の好きな、花が綻《ほころ》ぶような優しい笑顔。

たまらなくなる。汐里が欲しくて欲しくて、理性の糸が切れそうになる。

脆弱《ぜいじゃく》なその糸を必死に保ち、俺は乱暴にしないように、腰を引いた。

「……ふっ、く……っ」

それだけの仕草でも感じるのか、汐里は俺の背中にしがみつき、身体を強張《こわば》らせる。

「力を抜いて。思う存分感じて。そうすれば、楽になれるよ」

耳元で囁《ささや》くと、汐里は素直に身体の力を抜いてくれた。

俺はそんな彼女の唇にキスをして、腰をしっかり抱きしめる。

そしてふたたび、彼女のナカを貫いた。

「んっ、あぁ、はあっ」

「もっと声出して」

ゆっくりと、しかし動きを止めずに抽挿《ちゅうそう》を繰り返しながら、俺は汐里に話し続ける。

「うん、あぁっ！　あ、ふぁ、やあっ！」

汐里が声を我慢せず、高い嬌声《きょうせい》を上げ始めた。

声が出ると身体が幾分か弛緩《しかん》する。俺は汐里に覆《おお》い被さり、先ほどよりも強めに腰を動かした。

じゅくっ、と音がする。抽挿《ちゅうそう》するたび、蜜口から愛液が零れ出す。

「汐里……ンッ」

名を呼び、唇を重ねた。

汐里は俺の首に腕をかけ、ぎゅっと抱きしめる。

乳房を揉《も》みしだき、乳首を弄《いじ》り、激しく口腔《こうこう》を舐《な》め回す。

じゅぷっ、ちゅく。愛撫されながらの抽挿《ちゅうそう》は余程気持ちがいいのか、汐里の愛液は止めどなく溢《あふ》れた。俺はその滑りを愉《たの》しみながら、一層力強く、彼女のナカを突き刺した。

「ふぁっ、あぁぁっ！」

びくびくと汐里の身体が震えた。彼女の最奥に到達した俺のモノで、ぐりぐりと擦り上げる。

「やっ、こするの、気持ちい、っから……！」

汐里がイヤイヤと首を横に振った。そんな彼女の両手を掴《つか》んで、乳首にしゃぶりつく。

「気持ちいいなら、もっとしてほしいってことだな」

ちゅくちゅくと乳首を吸って、ニヤリと笑う。

「汐里は俺のモノで奥を突かれるのが好きなんだろ」

「そ、そんなこと、言ってないです……っ」

「ふうん？　そうは言うけど――」

俺はいじわるに言って、腰を引いた。先端だけを膣内に入れたままで、ちゅくちゅくと小刻みに抽挿《ちゅうそう》する。

「や、や、んんっ」

途端に汐里は泣きそうな顔をした。じらす俺を見つめて、すんと鼻を鳴らす。

もう少し、あと少し。

俺は挑発するような笑みを見せ、なおも先端だけを抽挿《ちゅうそう》させる。すると汐里の腰はくなりと動き、俺を誘うように揺れ出した。

「ほら、欲しがってる」

「いや、ちがうの。か、勝手に身体が動いて……っ！」

「それは本能が俺を欲しがってるってことだよ、汐里」

ふ、と笑って、次は勢いよくナカに挿し込んだ。愛液がじゅぷっと音を鳴らして、汐里の膣内が大きくうねる。

「あぁあああっ！」

「こんなに身体は悦《よろこ》んでる。なあ、汐里、そうだろ」

じゅくっ、じゅぷっ。

汐里の身体をかき抱き、スピードを上げて激しく抽挿《ちゅうそう》した。

襞《ひだ》のある隘路《あいろ》が俺のものをざりざりと擦り上げる。その甘やかな快感に絶頂が近いと感じながら、それでも我慢して汐里の奥に向かって穿《うが》つ。

「俺を、好きになれよ」

もっと夢中になれ。俺で満たされろ。俺を欲しがれ。

そんな、願いにも似た思いを身体に教え込むように、腰をゆする。汐里は喘《あえ》ぐのに疲れてしまったのか、口をだらしなく開けたままかすれた声を出している。

「はっ、は、ア、はぁっ」

がくがくと揺さぶられる汐里の身体。

会社では一度も見せたことのない、蕩《とろ》けきった表情。

彼女の綺麗《きれい》な黒髪が一筋頬に流れて、汗に濡れる。

無垢《むく》で穢《けが》れのない彼女を汚している。他ならない、俺が食い荒らしている。

あられもない姿。乳房は無防備に揺れ、大胆に開いた脚の中心は、俺に蹂躙《じゅうりん》されていやらしい音を止めどなく立てる。

そこにいるのは、理知的な女性ではない。ちょっと変人な研究オタクでもない。

――本能のままに乱れ、喘《あえ》ぐ、ただの女。

ああ、それなのに、なぜだろう。こんなにも汐里は綺麗《きれい》だ。

髪を散らして乱れる姿は花のように可憐《かれん》で、少しも可愛らしさを損わない。

むしろ、自分の快感が上《のぼ》りつめるほど、汐里から目をそらせなくなった。

「汐里、汐里――っ」

形容できない思いをぶちまけるように、好きな女の名を叫ぶ。彼女の細い身体を力任せに抱きしめて――

「は……っ、く……っ」

果てた。その絶頂は、これ以上ないくらいの快感だった。今死んでもいいと思うくらい、気持ちがいい。

「はぁ……っ、は」

びゅるびゅると、膜越しに精が放たれる。ちょっと出過ぎではないかと思うくらい、精が途切れない。

「ちょ、気持ち……よすぎ」

汐里の胸に顔を埋《うず》めたまま、呻《うめ》く。ようやく吐精が終わったと思ったら、次は頭がおかしくなるくらいの多幸感に満たされてしまい、ぐったりと力をなくしてしまう。

やばい。こんなに満足したセックスは、初めてかもしれない。

心にも身体にも、ぜんぶ、幸せが染み渡っている。吐精後の虚無感すらない。

「知基……さん」

荒く息をしながら、汐里がふわりと俺の髪に触れる。

「なに」

「先ほど、知基さんは……私に、俺を好きになれと言っていましたけど……」

確かにそんなことを言った。セックスの衝動にかられて口走ってしまったが、素に戻るとなんとも恥《は》ずかしい。

「……嫌いだったら、お試しのお付き合いでも、こんなこと、しませんよ」

ぽつりと呟く、汐里の言葉。

——そうじゃない。俺が聞きたいのは、そういう言葉じゃない。

でも、それを言ってしまったら汐里との関係に亀裂《きれつ》が入ってしまう気がした。怖くなって、黙ったまま汐里を抱きしめる。

「それなら、よかった」

心の中に渦巻くのは、幸せよりも、不安。どうしてだろう、こんなにも満たされているのに。

俺は、まるですがりつくように、汐里の身体を抱きしめた。

◆◆◆

汐里と付き合いはじめて、二ヶ月が経った。

デートはそこそこ、時々セックス。特別なことはなく、実に順当な付き合いをしている。

しかし、汐里とのデートは本当にままならない。ある時は植物園巡り、ある時は個人的な研究用菜園の手伝い。

デートの定番といえるような、映画にショッピング、ホテルの高級レストランでディナー。そういったものとは完全に無縁だ。一度、そういったところに行かないかと誘ったことはあったのだが『映画はひとりで観るほうが好きですし、特に今は欲しいものないですし、レストランより知基さんの作るごはんのほうが好きです』と言われてしまい、それなら無理に連れ出す必要はないのでは、と俺も思ってしまって、なんとなく汐里のペースに任せている。

——梅や桜の見頃が終わって、街中の木々が爽やかな緑に彩《いろど》られるころ。

その日のデートは、早朝から電車に乗って国立公園へでかけた。特急電車で二時間くらいかかったので、ほとんど日帰り旅行みたいなものだ。

「そろそろスイセンが見頃なんですよ〜」

ウキウキした様子で公園を歩く汐里はとても元気だ。彼女は、不思議と天気の良い日は普段の倍くらい元気になる。もしかしたら光合成でもしているのかもしれない。

……いやいや、さすがの汐里にしたって、光合成はないか。……いや、でも汐里だからな……。

「知基さん、どうしました？」

「あ、いや、なんでもない」

物思いにふける俺の顔を覗《のぞ》き込む汐里は、可愛い。

最近、可愛さレベルが倍増した気がする。前は、顔は可愛いけど変な研究者だと思っていたのに、最近はそんなふうにはまったく思えない。いや、変わっているところは相変わらずだけど。

可愛いと思うのは、彼氏としての欲目だろうか。……いや、どうやらそうでもないらしい。

なぜならあいつが、保田の野郎が、あろうことか汐里を見て『最近の当眞、やけに可愛く見えるなあ』と言いやがったからだ。俺はつい保田を睨《にら》んでしまった。殺意もこもっていたかもしれない。

俺と汐里が付き合っているのは誰にも言っていないので、睨《にら》んでも仕方ないのだが、無性に腹が立ったのだ。

汐里がどんどん可愛くなっている。周りもそれに気付いている。

「うーむ……」

「知基さん、もしかしてお花見るの、つまらないですか？」

俺が腕を組んで歩いていると、汐里が心配そうな顔をして俺を見上げた。慌てて首を横に振る。

「いや、まったく！　それにしても汐里は本当に植物が好きなんだな。理由とかあるのか？」

スイセンの広場で足を止め、尋ねてみる。

その場でしゃがんでスイセンの花を凝視していた汐里は、顔を上げた。

「いえ、特に理由はないです」

「ないのかよ！」

「そういえば、昔からよく、そういうことを聞かれましたねえ。どうして植物の研究をしているのか、何か理由があるんじゃないかって」

ふたたびスイセンに視線を戻して、汐里はふいに遠くを見るような顔をした。

その横顔はどこか寂しそうで、どきりと心が鳴る。

「理由もなにも、好きなんです。小さいころから、植物がなんでも好きでした。お花や野菜はもちろん、果樹も、サボテンも、雑草だって」

汐里はそう言って、ゆっくりと腰を上げた。少し肌寒い春の風が吹いて、汐里の白いスプリングコートがふわりと揺れる。

「どんな植物にも役割がある。一般的には邪魔だと言われている雑草にだって、意味はある。私は気になることを調べるのが楽しい人なので、いつも図鑑を持って近所の公園を走り回っていました」

懐かしそうに話す汐里は、しかし、やはり表情が晴れないままだった。

「でもやっぱり聞かれるんですよねえ。なんでそんなに熱心に調べるの？　何が楽しいの？　って」

「なるほど。汐里は、知るのが楽しいだけで、他に理由はなかったんだな」

例えば親が花好きだったとか、特別な思い入れのある鉢植えがあったとか。人は、他人の行動の動機を知りたがるものだ。俺だってよく人に「なんでそんなに女をとっかえひっかえできるんだ」と言われる。でも、特別な理由なんてない。というか、そんなつもりはない。

ただ、付き合ってくれと言われるから付き合って、別れてくれと言われるから別れてを繰り返してるだけ。虚《むな》しいとは思っていたけど、断る理由もなかったから続けていた。

……でも、俺は、今になってその過去を後悔している。

「知るのが楽しいから調べてるだけって答えると、だいたい皆、おかしな顔をするんですよね。そして変な奴だって言われてしまうんです。勉強や研究を長く続けるのって、そんなにも明確な理由が必要なんですかね～」

さやさやと風に乗って、汐里の長い黒髪が揺れる。

会社で、汐里はずっと変人の烙印《らくいん》を押されていた。俺も変人だと思っていた。でも汐里としては至って普通に行動していただけだった。それを『変』と称されることに、少なからず傷付いていたのだろうか。

「ごめん。俺、ずっと汐里を誤解していたのかもしれない」

俺が神妙な様子で言うと、汐里が不思議そうな顔をする。

「いや、なんていうか……その、俺もお前のこと、やたら鼻が利くし、サンプル種子に並々ならぬ執着を持っていたし、変わったやつだなって思ってたから」

ぽりぽりと頭を掻きながら言うと、汐里は目を丸くして、ぷっと噴き出した。

「知基さん、なに深刻な顔をしているんですか～。そんなの気にしなくていいですよ。私もぜんぜん気にしていません」

ニコニコと汐里が言う。その表情に、陰《かげ》りは一切ない。

「だって、それが私なんです。知基さんが自分を変えないように、私も自分を変えるつもりはありません。だから人からどう思われようと関係ないんです」

それは面食らってしまうほど、さっぱりしていた。

恐らく汐里は、小さいころから何度も『変わっている』と言われ続けてきたのだろう。でも汐里は自分を貫き続けた。そして努力して、勉強して、好きなことを仕事にした。

――すごいな。

俺にはできなかった生き方だ。俺はなんだかんだと、周りに流されて生きていた。両親の都合に、母の仕事に、女性の告白に――。なんとなく言われるまま、相手の言うことを聞いていた。

でも、俺は……

「変わりたい、と思っているんだ」

ぽつりと呟いた。汐里が俺のほうに顔を向ける。

「ずっと、変わるきっかけを掴《つか》めなかった。それで人生困るわけじゃないからって、なんとなく流されていた。でも、こうやって汐里と過ごして、やっとわかった」

人生を楽に生きられたら、それでいいと思っていた。

副業のモデルは良い収入源だし、黙っていても女の子が寄ってくるから、付き合いに困ったこともない。だから、この生き方が性《しょう》に合っていると思い込んでいた。

でも違う。それは、俺自身の欲しいものじゃなかった。単に、楽だっただけなんだ。

「ありがとうな、汐里」

この気持ちをどう口にしたらいいかわからなくて、とりあえずお礼を言った。

汐里は少し驚いた顔をしたあと「よくわからないけど、どういたしまして」と、はにかんだ。

夜の食事に選んだのは、国立公園の近くにあるイタリアンレストラン。

どうしてここを選んだかというと、これがまた汐里のリクエストだった。

「同僚から聞いたんですけど、ここのレストランで使われているエディブルフラワーが、うちのメーカー産らしいんですよ」

「へ〜。そういえば、何度かエディブルフラワーの営業をしたことがあったな。こんなところにも卸《おろ》してたのか」

レストランに入って、席に案内してもらう。

夜景が素敵なところだ。窓から見える国立公園は美しいイルミネーションで彩《いろど》られている。

「でもさ、実際のところ、エディブルフラワーってうまくないよな。無味っていうか。虚無を食ってる気分になる」

「あはは。確かに、同じく彩《いろど》りに使われるハーブとはまた用途が違いますよね」

エディブルフラワーとは、いわゆる食用花だ。読んで字の如《ごと》く、食べられる花である。

ちなみに、鑑賞用の花は毒性のある品種が存在するので食べないほうがいい。無毒で、食用と定められている花の種を栽培したものが、エディブルフラワーだ。

ちなみに、扱いが非常に繊細で、温度や湿度の管理も怠《おこた》ってはならない商品なので、大変気を使う。花びらが欠けたり、少しでも枯れただけで商品価値がガクッと落ちてしまうのだ。

俺はこう見えて割とできる営業マンなので、エディブルフラワーの扱いもお手の物だが、保田はこの商品を触るのをめちゃくちゃ嫌がっていた思い出がある。

しばらくして、コース料理が運ばれてきた。最初はサラダだ。彩《いろど》り豊かな花びらで飾られていて、とても華やかに見える。

「エディブルフラワーはあくまで料理を飾るものなんです。だから、味がついちゃダメなんですよ」

フォークを使ってサラダを食べながら、汐里が説明する。

「だって、味があったらお料理の邪魔になるでしょう？」

「ああ、言われてみれば、そうか」

シェフが作った料理に、余計な味は必要ない。エディブルフラワーは食べられるけれど、決して料理の材料ではないということだ。

「だから、ウチではできる限り、エディブルフラワーを『無味』にする品種改良を続けているんですよ～」

「品種改良で味まで変えられるなんて、すごい話だよな」

「地道な作業の積み重ねですけどね」

くす、と汐里が控えめに笑って、サラダを口にする。

汐里と話すのは楽しい。意味のない世間話や、他愛のない話をするのも嫌いじゃないけど、汐里との会話はすべてが有意義に思えるのだ。小気味良くて、自然と会話が弾む。

余計な気を使わなくていい。おだてなくてもいい。

こちらが話題を用意しなくても、汐里は退屈そうな顔をしない。それどころか、俺の知らない話をたくさんしてくれる。その話はどれも楽しくて、夢中になる。

会うたびに好きという気持ちが募《つの》っていく。

もっと話を聞きたいと思ってしまう。

そして汐里の身も心も俺のものにして、彼女を夢中にさせたい。ずっと俺を見てほしい。求めてほしいと望んでしまう。

——自分が、こんなにも子供じみた独占欲を持っているとは思わなかった。もう何度もデートをしているし、肌も重ねている。それなのに、どうしてか足りないと思ってしまう。

今までは、こんなことはなかった。

ある程度付き合えば、身も心も満足していた。……そのつもりだった。

それなのに、汐里が相手になるとなぜか欲深くなるのだ。もっと欲しくて、もっと求めたくて、いくら水を飲んでも足りないみたいに、身体がカラカラに渇いている。

俺は満足しているはずなのに。これ以上ないほど充実した毎日を送っているのに。

どうして常に足りないと思ってしまうのか。何が足りないと思っているのか。俺にはわからなかった。けれども、その感情が独占欲からきているというのは理解している。

俺はもっとドライで、人に執着しない……そういうスタイルだったのに、汐里相手では形無しだ。

穏やかでゆったりした食事を終えて、レストランを後にする。

春の夜は、まだ少し肌寒かった。スプリングコートのボタンを留める。隣を見ると、汐里も心なしか寒そうにストールを巻き直していた。

「なあ」

スッと手を差し出して、汐里の柔《やわ》らかな手を握る。

「ホテル、行かないか。泊まりでさ」

「……そのホテルとはもしや、普通のホテルではなく、繁華街や国道沿いによくあるお城のような休憩兼宿泊施設にお泊まりするということですか？」

汐里が無垢《むく》な目をして尋ねる。俺はなんと言えばいいかわからなくなって、口を手で覆《おお》った。

「まあ……その、うん。汐里の言うとおりなんだが」

ほんと、汐里を相手にすると、情緒もへったくれもないな。ラブホテル行こうって男が誘って、女が取る態度といえば顔を赤らめて恥《は》ずかしそうに頷くとかじゃないのか？よし来い！　とヤる気になる女性がいても別にいいけど、そういえば、セックスに積極的な女性とはなぜか縁がなかったなあ。しかし汐里の反応はそのどれとも違う。

「えーと、ああいうホテルに興味はあったのか？」

「そうですね。ない、とは言いません。だって嫌でも目に入るじゃないですか。街中でもやたら目立っていますし、ホテル名も個性的なものが多いですし」

「はは、じゃあ社会見学がてらに行っておくか」

もちろんそれはついでで、目的は別にある。さすがにそれがわからない汐里ではなかったのか、少し考える様子を見せた後、小さくこくりと頷いた。

「は、はい。いい機会ですよね。ええ、男性と一緒じゃないと泊まれない場所ですし……」

「最近は、友達同士や家族連れで泊まったりするのも普通みたいだけどな。普通のホテルとは趣《おもむき》が違うから案外楽しめるかもしれない」

そう言いながら、俺はスマホを取り出して、近くのホテルを調べた。

「うーん、どのクーポンのあるホテルにしようかな」

「へえ、そんなお得情報があるんですね」

汐里が俺のスマホを覗《のぞ》き込む。

「ああ。朝食が無料のところとか、アメニティグッズの交換チケットがあるところ、入浴剤がちょっといいやつになるクーポン、色々あるぞ。まあ、地味だけどな」

「ふぅん。じゃあ入浴剤がいいですね。ゆっくり温まりたいです」

汐里がストールをぎゅっと握りしめながら言う。確かに、春の夜はまだ肌寒い。

しかしこれから行くところはラブホテルなのだぞ。入浴剤のチョイスで良いのか？　俺は思わず悪い笑みが零れてしまった。おっといけない。汐里が警戒してしまう。

「じゃ、入浴剤サービスのあるところにしよう」

俺は汐里の手を引き、目的のホテルに入った。


初めてのラブホテルに、汐里は興味津々だった。

「すごい！　普通のホテルよりエンタテインメント性に富んでいますね。お風呂が驚くほど広いですし、ベッドも大きいです。わっ、ゲーム機も揃っているんですね～。カラオケまである！」

ベッドに驚いたり、浴室を見て騒いだり、ゲームのコントローラーを漁《あさ》ったり、マイクを持ったり、子供っぽくはしゃぐ姿はなんとも愛らしい。

「じゃ、俺は風呂の準備をしてくるよ」

「はい、よろしくお願いします」

汐里を見ると、ソファに座ってテレビのリモコンに手を伸ばしている。……うん、ラブホテルのテレビは……まあ、いいか。

俺は浴室に入ると給湯ボタンを押して、入浴剤をざらざら入れた。

うん。用意としてはこんなものかな。

汐里のところに戻るのは、もう少し後のほうがいいだろう。そのほうが後々楽しい気がする。いや、俺が楽しいだけで、汐里がどうかは知らないが。

浴室用のエアマットは洗っておこう。シャンプーとリンスは、洗面台に置いてある使い切りのアメニティを薦めよう。換えの下着やらゴムやらはコンビニでまとめて買ったからＯＫ。ホテルによってはそのへんも無料サービスで置いてあるんだけど、明らかに安物だし、着心地も悪いんだよな。

うん。ラブホテルに関する知識だけは豊富だな、俺。よく考えるとまったく自慢にならなくて悲しくなってしまうが、汐里が快適に過ごせる準備だけは怠《おこた》らずに済む。

あらかた浴室をチェックしてから、俺は悠々とベッドルームに戻った。

「あっ、とも、知基さん、わっ、あっ」

ソファに座ってテレビを見ていた汐里が慌てたようにリモコンをお手玉し出す。

期待通りの反応に、俺はニヤリと意地悪な笑みを浮かべてしまった。

テレビから聞こえるのは、女性の喘《あえ》ぎ声。つまりはそう、アダルト動画である。

「悪い。言うの忘れてた。こういうホテルのテレビって、そういう番組が最初からセットしてあったりするんだよ」

百パーセント確信犯なのだが、口先では謝る。

「そうなんですね。あの……そういうモノがあるのは知っていたのですが、本物を見るのは初めてで、きょ、興味が湧いてしまって」

「うんうん、わかるわかる」

俺だって初めてエロビ見た時はかぶりつきでしたから。その気持ちはとてもよくわかる。

汐里の隣に座って、あんあんとうるさいアダルト動画を停止させた。

部屋が静かになって、汐里がふぅと安心したようなため息をつく。そんな彼女の肩に俺は腕をかけて、ぐっと抱き寄せた。

「あっ……」

ちゅ、と唇に口づけをする。汐里の顎《あご》に触れ、もう一度角度を変えて深くキスをする。

「ここは本来、こういうことをするための施設だからさ。色々なところに、気分を盛り上げるものが置いてある。アダルト動画もそのひとつ」

「な、なるほど……」

顔を赤らめる汐里の首筋に、唇で触れた。そして、舌でツツ、と首筋を辿《たど》る。

途端に汐里はびくびくと身体を震わせて、俺の腕を掴《つか》んだ。

「んっ！　い、いきなり、ですか？　お風呂は……」

「お湯が溜まるまで少し時間がかかるから。ちょっとだけ味見」

「味見って、んんんっ！」

かぷっと耳朶《じだ》を咥《くわ》えると、汐里は目を瞑《つむ》ってびくんと反応した。

いつも、初々《ういうい》しくも素直に感じてくれる。そういうところ、とてもいいと思う。

汐里のブラウスのボタンを、お腹のあたりまでぷちぷちと外す。露《あら》わになった胸元に手を這《は》わせて、乳房を持ち上げる。

「汐里って、下着の趣味が結構可愛い系だよな」

「そ、そうですか？　普通だと思いますけど……」

汐里は頬を赤くさせながら、俯《うつむ》いた。彼女が着用しているブラは、藤色《ふじいろ》を基調に、白のフリルで装飾されている。ブラのフチの部分が花びらのような形になっていて、可愛いデザインだ。

「私、あまり下着とか、ちゃんと選ばないので……」

「ふうん。そう言いつつも、ちゃんとブラと下着の柄がセットになってるところは高得点だな」

「きゃっ！」

スカートをぴらっとめくって下着を見る俺に、汐里は驚いた顔をした後、思わずといった感じで俺の頭をペシッと叩いた。

「あっ！　つ、つい。ごめんなさい。痛かったですか？」

「別に痛くないけど、すごい反応の早さだったたな」

くすくす笑うと、汐里が困った顔をしてスカートの裾《すそ》を直す。

「なんだか、変態さんみたいなことをするから、びっくりしたんですよ」

「下着の色を確かめることの、どこが変態なんだよ」

「そ、それは……なんだかその、やり方が気にいらなかったといいますか……」

汐里がごにょごにょ話すので、俺は身体を起こしてふたたび汐里を抱き寄せる。

「じゃあ、こういうのは？」

俺は、ブラに収まった胸をつかみ出す。持ち上げられた胸はブラからずれて、乳首が見えた。

「ふふ、可愛い」

人差し指でつんつんと突《つつ》いてみせると、汐里が唇を引き締めてびくびくと震えた。

「汐里、ちゃんと見て」

そう言って、指で乳首を弄《いじ》り始める。くにゅくにゅと人差し指で揺らして、ボタンを押すみたいに押したり、ひっぱったり。

「あっ、う、ん……っ」

汐里が甘い声で啼《な》きはじめる。本当に素直。可愛い。

親指と人差し指で摘まんで、くるくると擦ると、彼女は俺の袖《そで》を強く掴《つか》んで目を瞑《つむ》り、びくびくと身体を震わせた。

「目を瞑《つむ》るのはダメだ。ちゃんと見て」

「う、うぅ」

汐里が困った顔で目を開ける。俺はきゅっと乳首を摘まみ上げると、優しくツンツンと突《つつ》いた。

「ほら、硬くなった。コリコリして可愛いな」

ふにゃふにゃに柔《やわ》らかかった汐里の乳首は、すっかり硬さを帯《お》びて、ツンと天井を向いていた。

「感度がよくて何よりだ。正直な身体は、愛され上手だよ」

「な、なんですか、それ……っ」

「汐里は鈍感そうに見えて敏感なところがいいよな。そんな可愛い反応されると、どんどんいじめたくなってしまう。こんなふうに」

汐里の胸元にキスをした。ふわりと彼女の匂いがする。ボディーソープの残り香とは違う、不思議と心が穏やかになる、優しくて甘い匂い。

汐里本来のものだ。

これがたまらない。汐里に包まれているみたいで、嬉しくて幸せな気持ちになる。

俺は舌先で、チロチロと乳首を舐《な》めた。

「ひゃっ、あ、んっ！」

汐里の身体がびくびくと震える。たまらなくなったみたいに身をよじって、ぎゅっと太腿《ふともも》を擦りあわせた。

「気持ちいい？」

ちろちろと舐《な》めて、ちゅっとキスをする。汐里はイヤイヤと首を横に振って、俺のシャツの背中を掴《つか》んだ。

「や……っ、あ、い、……けど。恥《は》ずかし……っ」

「恥《は》ずかしいのは仕方ないな。汐里は恥《は》ずかしがり屋だから」

「ちが……っ！　こんなの、皆……同じっ」

汐里が困った顔をして、顔を赤らめる。

ちゅう、と乳首に吸い付いて、口腔《こうこう》でねっとりと舐《な》めた。同時に、するすると太腿《ふともも》を撫《な》でて、ゆっくりとスカートをまくっていく。

「こういう触り方は……嫌かな？」

人差し指でツツ、と内腿《うちもも》をなぞる。汐里がくすぐったそうに震えた。

指は少しずつ歩みを進めて、ショーツ越しに秘所に触れる。そしてくにくにと指を動かした。

「はっ、あ、あぁっ！」

カリカリと掻くように弄《いじ》ると、汐里は甘い声を上げた。気をよくした俺は更に秘所を弄《いじ》って、乳首を舌先で舐《な》める。

ちゅく、ちゅるっ。甘やかでいやらしい水音が静かな部屋に響き渡った。

俺の唾液《だえき》で濡れた乳首を摘まんでぬるぬると擦ると、彼女はどんどん息を荒らげていく。

「ん、んんっ、やぁ……っ」

俺の髪を柔《やわ》らかく掴《つか》んで、汐里は発情した猫のような嬌声《きょうせい》を上げた。

くすくす笑って、赤い唇にゆっくりとキスをする。

「気持ちいい？」

改めて尋ねると、汐里は顔を赤くしながらもコクコク頷いた。

「汐里は素直でいい子だなあ」

「もう……。こんな時に褒められたって、あまり嬉しくないです」

目を伏せて、汐里が呟いた。彼女がかけている眼鏡が力なくずれる。

「じゃあ、どういう時に褒めたら嬉しいんだ？　汐里は元からすごい子だから、いつでも褒めてあげたいけどなあ」

「すごい子って、そんなこと、ないです。別に……大人ですから、いつ褒められたってさほど嬉しいわけじゃないですよ」

上気した頬で言う汐里の頭を抱き寄せて、俺はよしよしと撫《な》でた。

「普段からちゃんと仕事頑張ってる汐里エライ。俺は売るだけだけど、汐里は常に画期的な品種を作り出してスゴイ。俺、汐里はめちゃくちゃカッコイイと思ってるんだぞ。時々変人っぽいけどな」

「な、なんですか、それ。褒めてるのか貶《けな》してるのかわからないですよ」

「ふふ。大人になると素直に褒めるのが恥《は》ずかしいお年頃になるんだよ。でも、こうやって頭を撫《な》でられるのは好き？」

優しく抱きしめて、頭を撫《な》でる。

汐里は大人しくされるがままになって、ゆっくりと目を閉じた。

「ん……。嫌いじゃ、ないです」

「あ、減点。そこはちゃんと好きって言ってくれよ」

「お、大人、ですからっ！　撫《な》でられるのが好き、なんて恥《は》ずかしくて言えないんですよ。えいっ！」

汐里は突然がばっと腕を上げて、逆襲した。俺の頭をぎゅっと胸に抱く。

おお、頬が胸に当たってふわふわ気持ちいい。目の前でおいしそうな乳首が揺れていたので、ついぱくっと食《は》んでしまう。

「ひゃんっ、ダ、ダメです。今は私の番なんですからね」

「ごめんごめん。だってここが可愛くてさ」

ツンツンと乳首を突《つつ》いてしまう。汐里は「もうっ」と怒って俺の耳を引っ張った。

面白いなあ。突《つつ》けば騒ぐというか、こういうイチャイチャも悪くないな。

俺がのんびり考えていると、汐里はそっと俺の頭を撫《な》でてきた。

「知基さん、えらいです」

耳元で、そっと囁《ささや》く。俺はびっくりしてしまって、つい身体を震わせてしまった。

「お仕事して、えらい。毎日頑張って、私が作った種を売ってくれてありがとうございます」

「え、いや、それはほら、普通に仕事してるだけだから」

思わずキョドってしまう。まさかそんな攻撃に出るとは。やるな、汐里。

「副業でモデルもしてるんでしょう？　大変ですよね……。毎日お疲れ様です。でもやるべきことをきちんとしている知基さんは、恰好良いと思いますよ」

俺を褒めちぎりながら、頭を優しく撫《な》で続ける。

これは、思いのほか、やばい。ドキドキしてしまう。こんなふうに褒められたの、初めてだ。

子供扱いされて、当たり前のことで褒められて。

やめろよって怒る人もいるかもしれない。でも俺はできなかった。

だって、俺は――小さいころから、誰にも。

「知基さん。頭撫《な》でられるの好きなんですか？」

「んー、嫌いじゃない、かも」

いつの間にか膝枕されて、大人しく撫《な》でられるままになっていた。

クスクスと汐里が笑う。

「ほら、私と同じこと言ってるじゃないですか。減点ですよ」

言われてしまった。確かに、頭を撫《な》でられることを素直に好きと答えるのは恥《は》ずかしいな。

うー、しかし、これはやばい。心がぐらぐらとぐらつく。膝枕されて頭を撫《な》でられるのはめちゃくちゃ気持ちがいい。

心が穏やかになっていく。ふわふわした気持ちでいっぱいになって、満たされていく。

俺は汐里にされるがままに、ゆっくりと目を閉じた。

その時――

『お風呂が沸きました』

ピロリンと軽快なチャイムと共に、アナウンスが鳴る。俺はハッと目を見開いて、がばっと起き上がった。

ああ、マジでヤバかった。こう、気持ち良すぎて昇天しそうだった。なんのためにラブホに来たんだ。ちゃんとエロいこともしっかりやらないと！

「風呂の用意ができたから、さっそく入ろう」

「あ、はい！　えっと……入る順番は、じゃんけんで決めますか？」

手をグーにして構える汐里は、あどけなくてめちゃくちゃ可愛い。

だが、何を言っているかな。まだまだわかっていないな。だからこそたまらないというか、何も知らない汐里にアレコレ教えるのは楽しくて仕方ないんだけど。

俺はニッコリ微笑むと、ポンと汐里の両肩に手を置く。

「ラブホテルの心得《こころえ》、その一を教えよう」

「心得《こころえ》!?」

「風呂は、いっしょに入るんだ」

「なんと!?」

汐里は驚きに目を丸くした。

すったもんだの攻防を経て、なんとか汐里を説き伏せて、一緒に風呂に入る。

セックス自体は何度かしているというのに、汐里は風呂をやけに恥《は》ずかしがった。曰《いわ》く、ひとりで入るものという認識のある場所を誰かと共有することに、羞恥《しゅうち》を感じてしまうらしい。

湯船にはふたりで入って、俺が脚で彼女の身体を挟むような恰好。

泡風呂から彼女の白くまろみのある肩が見えて、キスしたくなってしまう。

「いいですか、例えるならトイレと同じ感覚なんですよ。トイレの個室だってふたりで入らないでしょう？」

風呂を共有する羞恥《しゅうち》について説明する汐里に、俺は「うーん」と考えるように首を傾げる。

「それは状況によるんじゃないか？　男女の付き合いにおいてはトイレを共有することもあるかもしれない」

「あるんですか⁉」

ぱしゃっと湯音を立てて、汐里が振り返る。しかし慌てて前を向き、恥《は》ずかしそうに俯《うつむ》いた。

そういう態度は、いじわるしたくなるんだぞ。知らないだろうけど。

俺はニヤニヤと笑いながら、湯船の中でうしろから汐里を抱きしめた。

「世の中には、汐里の理解できない人達もいるんだ。好きな人のトイレが見たいという性癖を持つ人もいるってことだよ」

「……そっ、そうなんですか……。えっと、知基さんは？」

おそるおそると、彼女が振り返る。

「見せてくれるのか？」

「見せません！」

「なんだ～、残念だな」

俺が心底がっかりしたように言うと、汐里が困った顔をした。

「もう。私よりずっと知基さんのほうが変人みたいですよ」

「好きな女のあらゆるところを見たい。純粋な恋心だと思うけどな～」

「す、好きでも、私は見たくないですもん！」

ぷいっと前を向く。うーん、可愛いぞ。

「俺はいろいろ見たい。ほら、とりあえずは汐里の乳首を見せてもらおう」

湯船の中でふわりと乳房を掴《つか》んで、持ち上げる。

「あっ」

ぴくんと汐里の肩が震えた。

「恥《は》ずかしい？」

明るい浴室で、泡風呂から顔を出す彼女の乳首はほんのりピンク色。

「さっきも散々いじったのに、いちいち恥《は》ずかしがるんだな」

なんとも可愛らしくて、人差し指でちょこちょこと弄《いじ》ってしまう。

「あっ、んんっ、こんなの、何度やったって、は、恥《は》ずかしいですよ」

ぴくぴくと身体を震わせて、汐里は顔を伏せた。

「このお風呂、ちょっとぬるぬるしてるから、いつもより気持ち良くない？」

人差し指と親指で乳首を摘まんで優しく引っ張ると、つるんと滑った。

「あうぅっ」

汐里の肩が大きく揺れて、ぱしゃんと湯音が鳴る。

「ん、確かに……普通のお湯よりぬるっとしてるような……？」

「泡と一緒にコラーゲンも配合されてる入浴剤らしい。美肌や保湿効果が期待できる」

「な、なるほど……って、知基さんっ、そんなにぬるぬる触らないで……っ」

俺が喋りながら乳首を弄《いじ》るものだから、汐里が困ったようにイヤイヤと首を横に振った。

「だって、ぬるぬるしてるほうが気持ちいいだろ？」

彼女の耳元で、いやらしく囁《ささや》く。ぴくっと汐里が反応した。

「あ……っ」

「なあ、教えてくれよ」

意地悪に尋ねて、彼女の胸を大きく揉《も》み上げる。耳朶《じだ》にキスをして、軽く歯を立てた。

「はっ、は、あ、気持ち……いっ、です」

汐里の頬に朱が入って、息を荒らげ始める。

「で、でも、まさか、お風呂の入浴剤に、こんな……ぬるぬるしたのが、あるなんて……っ」

まったく想定してなかったのだろう。

ぬるついた湯の中で身体をまさぐられるのが気持ちがいいということも、知らなかったのかもしれない。

実は、このホテルの入浴剤サービスは、事前に選ぶことができる。そして俺は迷わずこの入浴剤を選んだ。つまり百パーセント確信犯である。

口にしたらきっと怒るだろうから、黙っているけど。それにしても、いつも以上に感じてる汐里は可愛い。

「汐里、こっち向いて」

声を掛けると、汐里がゆるゆるとこちらに顔を向けた。

俺は熟れた果実のような赤い唇にキスをする。

「んっ……」

唇をぴったり押し当てて、舌を伸ばす。彼女の身体の温かさに反して、その舌は少し冷たい。俺は温もりを分けるように舌同士を合わせて濃厚にまぐわう。

くちゅ、くちゅ。甘い水音が静かな浴室に響く。同時に胸を揉《も》みしだき、乳首を摘まんでぬるぬると擦った。

「んっ、んん〜っ！」

唇を奪われて声を上げられない汐里が、目を瞑《つむ》ってびくびくと身体を震わせる。

一生懸命感じてるところ、可愛いな。もっと触りたくなる。もっと楽しくなる。

「舌、自分でも動かしてみろよ」

口元で囁《ささや》き、もう一度キスをする。舌先でちろちろと彼女の舌を撫《な》でると、ゆっくりと応《こた》えてきた。不器用ながらも舌を動かし、俺の舌と絡もうとする。

だが、俺は舌を引っ込めた。慌てたように汐里が追いかける。

そして、俺の口腔《こうこう》に入り込んだその舌を、ねっとりと舐《な》めた。

「んっ、んぅ……っ」

汐里の息づかいが苦しげになる。もがく姿に愛らしさを覚えつつ、俺は片手で胸を掴《つか》んで乳首を弄《いじ》りながら、もう片方の手は下肢のほうへと伸ばした。

そしてぬるつきのある湯の中で、彼女の秘裂をそっと撫《な》でる。

「はっ、あぁっ！」

思わず唇を離した汐里が嬌声《きょうせい》を上げた。

滑りがいい湯の中でぬるぬると秘裂を触られるのは、さすがに耐えきれないらしい。

「汐里……」

快感に慌てふためく彼女はとても可愛い。

俺は片腕でぎゅっと抱きしめると、その首筋に舌を這《は》わせた。

「さっき、アダルト動画を見てたよな。ちょっとは興奮してた？」

「あ、ぁっ」

「………！」

汐里の顔が真っ赤になる。わかりやすい表情の変化が愛おしい。

「そ、そういうわけじゃ」

「ふうん。でも、ここはすっかり出来上がってるけど？」

汐里の蜜口に、人差し指を挿し入れる。ぬめりのある湯のおかげか、指は難なくつぷりと挿入《はい》っていった。

「や……！　そ、それは、このお風呂がぬるぬるしてるからで……っ！」

「じゃあ湯船から出て確かめてみようか」

そう言うなり、俺は汐里の身体を抱き上げた。「わっ！」と彼女が驚いた声を出す。

洗い場に、あらかじめ用意していたマットを足で倒して、汐里を座らせる。

「はい、うつぶせになって」

「え、えっ」

汐里は事態についていけず、混乱しているようだ。

俺より頭がいいのに、こういう状況になると途端に弱くなるところ、好きだなあ。

性交に疎《うと》いところがなんとも初々《ういうい》しい。

俺は汐里をころんと転がしてうつぶせにさせると、その腰を持ち上げた。

「わっ、わ！」

無理矢理四つん這《ば》いにされて、汐里がおたおたと慌てる。

「あ、あの……知基さん、この恰好はちょっと恥《は》ずかしいといいますか」

「ん～？」

彼女のお尻を両手で掴《つか》み、ぐいっと秘裂を開く。

「きゃあっ！　いやいや、そっちから見るのはその……さすがにちょっと！」

「最高の眺めなんだけどな。ほら、汐里」

そっと蜜口に触れ、人差し指を挿し込み、ゆっくりと指を抜いた。

「糸、引いてる」

「…………っ」

「これは風呂の湯じゃないよな。こんなにとろとろになっているのは、どうしてだ？」

汐里の身体がぴくりと震えて、困ったように俯《うつむ》く。

俺は汐里の腰を抱き上げて自分の身体に跨《また》がせた後、うしろから一層秘裂を開いて、舌で舐《な》める。

「ひゃっ、あああぁっ！」

汐里の身体が大きく跳ねた。

で執拗《しつよう》に舌で弄《いじ》った。

「やっ、ちが……っ、ひゃ、ううっ」

彼女はイヤイヤと首を横に振る。俺は何がなんでも認めさせたくて、執拗《しつよう》に舌で弄《いじ》った。

じゅるっ、じゅく。

いやらしく蜜を啜《すす》って、舌先で秘芽を突《つつ》く。

「んんっ、はぁ、や、だ……っ、違うの、ともき、さん」

汐里が観念したような顔をして、こちらに顔を向ける。

「私、見てる時は……そんなでもなくて、でも、知基さんが隣にきて、触れてきた途端、こんなふうになってしまったんです」

恥《は》ずかしそうに目を伏せて、告白する。

汐里の言葉に、俺はぐらりとめまいを覚えた。

「ご、ごめんなさい」

俺が怒っているとでも思っているのか、汐里が申し訳なさそうに謝った。俺はぎゅっと彼女のお尻を掴《つか》んで持ち上げ、じゅるりと秘裂を舌でこじ開ける。

「きゃあっ！」

汐里は両手でバランスを取りながら悲鳴を上げた。

無自覚だろうが、彼女は時々、殺し文句を口にする。計算ではなく素《す》でそうなんだから末恐ろしい話だ。

汐里はアダルト動画を見てもほとんど動じていなかったのに、俺に触れられた途端、身体が発情したように興奮してしまったらしい。

可愛い、としか言いようがない。

彼氏冥利《みょうり》に尽きるというものだ。何がなんでも快楽漬けにしたくなる。

「やっ、ああっ、ダメ、うしろから舐《な》めるなんて、きたな……っ」

汐里がぷるぷると首を横に振る。そんな心配をする余裕なんて与えない。

じゅるっと音を立てて、秘裂に吸い付く。硬くした舌先を蜜口に挿し入れて、うねうねと舌を動かす。

「ひゃ、ダメ……っ！　そんな、ふうに……されたら……っ」

執拗《しつよう》に弱いところを攻められて、汐里の震えが大きくなっていく。

快感の頂点が近い。

俺ははあと熱い息を吐いて、秘裂からゆっくりと後孔に向かって舌で撫《な》でた。そして人差し指を蜜口にぬぷりと挿し入れる。

その指を鉤《かぎ》のように曲げて、抜き差しした。じゅぷっ、じゅぷ、といやらしい水音が浴室いっぱいに響く。

「や、あ、あぁぁ、ダメ、あぁぁあっ！」

汐里がびくんと身体を震わせ、果てる。

とろみのある風呂の効果は抜群だったようだ。まだぬめりの残る彼女の身体をゆっくり両手で撫《な》で上げて、ゆらゆらと可愛く揺れている乳首を摘まんで引っ張ると、疲れ果てた汐里の身体がぴくっと跳ねる。

俺はくすくす笑った。

「まだ欲しいのか？　汐里は欲しがりだなあ」

「ち、違います！　もう、この体勢は嫌です……っ！」

汐里が少し怒ったようにこちらを向いた。頬が紅潮《こうちょう》して、汗に濡れた髪は色っぽい。

そんな状態で怒られても、俺には可愛いとしか思えないのだが。

「あ、あと、知基さん、ダメですよ！　お、お尻側からいろいろするのは困ります！」

「いろいろって？」

「そ、それはその、あの、舐《な》めたり……、そ、そういうのは、恥《は》ずかしいですよ。だって……その……見えちゃいますし」

「見えるって、ここが？」

つん、と後孔を突《つつ》いてみせると、汐里は「きゃん！」とワンコロのような声を上げた。

「と、知基さん、やっぱり変態さんみたいです……！」

「知らないのか？　男は皆どこかしら変態要素を持っているんだぞ」

「ええっ、嘘でしょう⁉」

汐里が目を丸くする。俺はニヤリと笑った。

「嘘じゃない。聖人君子《せいじんくんし》に見えるやつは、うまく隠してるだけさ」

まあ百パーセント偏見だが。しかし案外間違ってない気がする。

「そ、そうなのかなあ……」

汐里が困惑した顔でブツブツ呟いた。俺は笑いながら、身体を起こす。

「さて、汐里ちゃん」

「し、汐里、ちゃん？」

「次は俺の番ってことで、いいか？」

言うなり、俺は汐里の身体をころんと転がして仰向けにした。マットの上は柔《やわ》らかいから、いろんな体位でセックスができる。なかなかの優れものである。

俺は汐里の腰を持ち上げて、彼女の脚を俺の太腿《ふともも》に乗せた。あらかじめ準備していたゴムを装着して、舌と指でいじくり回した秘所にあてがう。

親指と中指で秘裂を開くと、粘り気のある水音と共に蜜口が開いた。湯気でも立っていそうなほど温かそうで、充分にほぐれていると見てわかる。

これは気持ちよさそうだと、直感でわかった。

俺は自分の杭《くい》をゆっくり汐里のナカに埋め込んでいく。

「んっ……っ！」

汐里の身体がびくびくと震えた。俺は彼女の両手首を握って、腰を進める。

執拗《しつよう》な愛撫によって出来上がった隘路《あいろ》は俺の杭《くい》をねっとりと包み込み、ざらざらした襞《ひだ》が甘やかに快感を促《うなが》す。

「く、……ぁっ」

あまり声は出したくないのだが、出てしまう。それくらい——気持ちがいい。

セックスなんて幾度もやってきた。ろくでなし野郎と罵《ののし》られるかもしれないが、手慣れたものだった。性交で得る快感がどんなものか、どれくらいで自分がイくのか、大体理解しているつもりだ。

でも、汐里との絡みは、なんだか……違う。

「は、ぁ、汐里……っ」

ぎゅっと手首を握りしめ、ぐぐっと腰を突き出す。カリ先で隘路《あいろ》を抉《えぐ》るように進むのが気持ち良すぎて、頭がバカになってしまう。

持たない。ぜんぜん、持たない。

油断したら全部持っていかれそうなくらい、汐里のナカは気持ちがいい。温かくて、身体すべてが包み込まれているみたいで、幸せな気持ちで心が満たされていく。

知らなかった。

セックスに、心は必要ないと思っていたけれど——それは間違った認識だった。

心が喜ぶと、こんなにも気持ちがいい。

もっと持たせたいのに、まったく我慢できる気がしない。少しでも動いたら吐精してしまいそうだ。

「汐里——」

前屈みになって、彼女の唇にキスをする。その唇は温かく、柔《やわ》らかい。

「知基、さん……」

汐里が俺のキスに応じて、ゆっくりと唇を動かす。そのぎこちなさが愛おしい。

ひとりの決まった人とセックスをし続けていたら、いずれ、慣れる時がくる。悪く言えばマンネリ化する。

それでも気持ちいいものは気持ちいいので、多少飽きを感じつつも、まあいいかと割り切っていた。

でも、汐里は違う。だから俺は、少し戸惑っている。

「動くからな」

汐里の温かい身体を抱きしめて、腰をスライドさせた。

「は、はい。あ、んうっ！」

にゅるっと杭《くい》を引き出す。そして次は、貫く勢いで思い切り腰を突いた。

「あンっ！」

汐里の身体が跳ねる。だが、俺が抱きしめているから、彼女は身動きが取れない。

上半身はぴったりとくっつけたまま、下半身は淫《みだ》らな性交を始める。

ぐちゅっ、にゅぷっ。生々しい水音。パン、と股のぶつかる音。

いやらしい音が止まることはない。俺は衝動に突き動かされたように腰を動かし続ける。

「はっ、あ、んんっ、とも、き、さんっ！」

俺の腰の動きに合わせて、汐里が途切れ途切れに俺の名前を呼んだ。

彼女の最奥に、ぐりぐりと杭《くい》の先端を擦りつける。

ああ、イきそう。この中で果てたい。むしろゴムなしでやりたい。やらないけど。

この感情を、どう表現したらいいかわからない。

彼女の膣の中で出したい。俺の精をぶちまけたい。無垢《むく》でまっさらな子宮を、俺の子種で犯したい。

この欲望の名を、俺は知らない。

単一的なピストン運動によってもたらされる快感は底知れず。

俺はすがるように汐里の身体を掻き抱き、躍起《やっき》になって腰を動かした。

イキたい。出したい。――孕《はら》ませたい。

黒い感情が膨れ上がる。何度も汐里を抱いたのに、この欲が消えることはない。

むしろ抱くごとに増幅しているようだ。

どうしてそんなふうに思うのかなんて、俺自身にもわからない。

「はっ、は、ァア」

ぐちゅ、ぐちゅ。風呂でヤってるせいか、いつもより水音が多い。ぬるぬると、ざらざらと、汐里の狭い隘路《あいろ》が俺のモノにまとわりつく。

「は、知基さん……っ！」

汐里が俺の名を呼んで、びくびくと身体を震わせた。――どうやら、ふたたび達したらしい。その瞬間、彼女のナカがぎゅうっと締まって、俺の杭《くい》を圧迫する。

「く、ぁあっ！」

まるで精を絞り出されているよう。その快感に耐えられるはずがない。

俺が汐里を抱く腕に力を込めた瞬間、大きく腰が震えた。膜越しに熱い精が迸《ほとばし》る。

それでもなお、汐里の膣はぎゅっと締まり続けた。

カラカラのスカスカになるまで精が搾り取られるようだ。俺は何度も呼吸を繰り返して、冷静さを取り戻す。

「はあ……こういう風呂も、悪くないだろ」

身も心もすっきりして、笑顔で言うと、汐里は少し不満そうに唇を尖《とが》らせた。その仕草は可愛いのでキスしたくなる。

「悪いことばっかりな気がします！」

「え〜、そうか？」

そう言いながら、汐里の膣から自分の杭《くい》をにゅぷんと引き出す。汐里の身体がビクビクと震えた。

「な、なんか妙にえっちな雰囲気でしたし、知基さんは変態っぽくなっちゃうし」

「俺は元から変態だと思うが、気付かなかったのか？」

「……真面目な顔をして言わないで下さい。困っちゃいますから……」

汐里が心底困った顔をして「はあ」とため息をついた。くすくすと俺は笑う。

「ごめんな。でも、すごく可愛かったよ」

汐里の頭をよしよし撫《な》でると、彼女はまだ唇を尖《とが》らせていたが、仕方なさそうに目を伏せた。

ああ——ずっとこうしていたいな。

心からそう思う。もう他の女性と付き合おうなんて考えられない。

汐里が欲しい。彼女さえ傍にいてくれたら、他にはなにもいらない。

飽きるなんて、想像もつかない。それくらい、汐里に夢中になっている。

……こんなふうに思うなんて、生まれて初めてかもしれない。今までは、誰かに執着することなんて一度もなかったのに。

やっぱり俺は、マジで恋をしているということなのだろうか。しかしこの場合、どうしたらいいんだろう。

俺は汐里と湯船に入り直して、ふたたび彼女をうしろから抱きしめつつ、考える。

まずは身辺を綺麗《きれい》に洗おうと――俺は決意した。

◆◆◆

兎《と》にも角《かく》にも人間関係の整理だ。とりあえず、遊びたくなったら連絡して欲しいと言われていた女性のアドレスは全部消した。いや、自分からこういう人達にコンタクトを取ったことはないのだが、汐里が見たら嫌な気分になるのは間違いないだろうと思ったのだ。

ちょくちょく連絡がくる元カノも同じ。好きな女ができたと理由を話して、俺のようないい加減な男ではなく、まともで誠実な男を探したほうがいいと諭した。

それから……いまだに絶えないのは、面と向かっての告白だ。

取引先やら社内やら、俺がフリーな時を狙って付き合って欲しいと言ってくる人達。

これはもう、はっきりと口で断るしかない。

「好きな人ができた。だからもう、他の誰とも付き合う気はない」

俺の言葉を聞いて、なおもしつこく誘う人はさすがにいなかった。俺も真面目に断っているし、見込みがないと悟るのだろう。

だが、好きになった相手は誰なのかと問い質《ただ》される時はあった。

でもそれは言えなかった。俺としては汐里だと答えたいところだったが、本人に断りなく彼女の名前を出すのは憚《はばか》られたのだ。

もっとこう……ちゃんとして、汐里が俺のことを好きになって、名実共に恋人同士になれたら……そうしたら、自信を持って汐里が彼女だと言えるのかもしれない。

でも、ちゃんとした恋人同士ってなんだろう。相思相愛だけでは足りない気がする。

いろいろ考えたり悩んだりしながらも、汐里との穏やかな時間は過ぎていった。

そして彼女と付き合って三ヶ月が経ったころ、ふいに汐里が尋ねてきた。

会社帰りに寄った居酒屋。ウーロンハイをこくりと飲んだ汐里は、世間話をするように話を切り出す。

「そういえば私達、お付き合いを始めてそろそろ三ヶ月がたちますねえ」

「ああ、もうそれくらいになるのか」

ビールを飲んで、汐里と付き合い始めたころを思い出す。

なにがきっかけで彼女を好きになったんだっけ。俺の作ったご飯を食べたことは覚えているのだが。

「ここらでひとつ聞いておきたいのですが、知基さんは私と結婚したいのですか？」

摘まんだ枝豆が、ぽろりとテーブルに落ちる。

「え……、結婚？」

「はい、大切なことですからね。確認しておきたいんです」

汐里は特別なことを聞いているつもりはないのか、眼鏡越しにとろんとした黒い垂れ目が俺をまっすぐに見つめている。

ぎしり、と。心臓が嫌な音を立てた。

ずっと楽しかった時間に、びしりと亀裂《きれつ》がはいった気がした。

心の奥底に仕舞っていた記憶の箱が開き、思い出したくないことが蘇《よみがえ》ってくる。

わんわんと泣く子供。うるさいと怒鳴って仕事にでかける父親。

泣く子は面倒臭いと冷たく言って、新しい恋人のところに行く母親。

冷えた食事。まずい食事。世話を焼いてくれた大人に、可哀想な子供と同情された。

愛のないカタチだけの家族は、愛の冷めた結婚によるもので。だから昔から悟っていた。

——永遠に続く愛なんてないのだと。

「結婚……は、考えていない」

がらんどうになった心のまま、汐里の質問に答える。

結局そうなのかと、内心ちょっとガッカリした。汐里は違うと思っていたけど、他の女とやっぱり変わらないのか。

そんなに結婚っていいものか？　したいものなのか？

別に今のままでいいじゃないか。三ヶ月、とても楽しかっただろ。結婚しなくたって、仲良くできただろ。

結婚したら後戻りできないんだ。後悔しても遅いんだ。離婚の協議だの慰謝料だの面倒だろ。

お前だって、ずっと俺のことが好きとは限らないんだし――

「じゃあ、このあたりが潮時《しおどき》ですね～」

汐里がニコニコ笑顔で言った。俺は、物思いにふけっていたからか、彼女が何を言ったのか理解できなかった。

「え？」

「お付き合いをする時、私が知基さんに言ったこと、覚えてますか？」

唐突に尋ねられて、鼻白《はなじろ》む。汐里は三ヶ月前に、なんと言ったっけ。

「恋心とは、なにをきっかけに湧き上がるのか。恋をすると、どのような思考の変化をもたらすのか。私はそれが知りたくて知基さんとのお付き合いを決めたんですよ。恋が直感的なものなら、私も本能に従って恋をしてみたい、とね」

汐里に言われて、ようやく思い出す。そうだ、彼女は確かにそんなことを言っていた。

「……その答えは、出たのか。恋はできたのか？」

「恋ができたかどうかは教えません。でも、恋についてはだいたい理解できたと思います」

こくこくとウーロンハイを飲みきって、汐里はぷはーと満足そうな息を吐いた。

「この三ヶ月で、検証はおおむねできました。なので、私はこのあたりでもういいです」

汐里はそう言うと、カバンから財布を取り出して、四千円をテーブルに置いた。

「別れましょう。このお店のお代はワリカンで。ここ、だし巻き卵がすごくおいしかったですね～！　だし巻き卵の概念が覆《くつがえ》されましたよ」

最後にぜんぜん関係ないことを言って、汐里は席を立つ。

「あっ、恋人関係は解散ですが、サンプル種子はちゃんと下さいね！　三ヶ月、お疲れ様でした。それじゃ、また会社で～」

にっこり笑顔で、バイバイと手を振り、去っていく。

俺は一言も挟めないまま、呆然としていた。

え？　別れるって……解散って……どういうことだ？　つまり、俺達は今、恋人ではなくなったということか？

ええと、落ち着け、俺。汐里は「もういい」と言った。検証はおおむねできたと言っていた。

つまり俺はお払い箱で、用なしということで。

「えぇ……」

テーブルに置かれた四千円。それをぼんやり見つめながら、今この瞬間、汐里との縁が切れたのだと理解した。

◆　◆　◆

終わりはとてもあっけなかった。なんというか、突風が吹き抜けたような三ヶ月だった。

汐里の個性的な人柄に振り回されたり、彼女の寂しさを知って寄り添いたいと思ったり。もっと知りたい、もっと楽しくなりたいと思って、たくさん肌を重ねて、濃厚に絡み合った。そして俺がちゃんとした人間になろうと決めて行動した矢先に、汐里はさらっと俺の前からいなくなった。

今までいろいろな女性と別れてきたが、ダントツにサッパリした別れ方である。心が空虚になるほど、後腐れがない。もうちょっと何かあってもいいのではないかと思うほどだ。

昼休みの間、憩いの庭園になっている会社の屋上で、ベンチに座ってぼんやり考える。

正午ちょうどに、とある大学の種苗《しゅびょう》研究所から帰ってきたら、汐里がいつもの調子で営業部にやってきた。

「今日は大学の教授から連絡がきたんですよ～。非常に色が濃いベニバナの種が採取できたんですって。御影さん、もちろんサンプルを頂いてきましたよね～？」

サッと両手を出して、ニコニコしていた。

本当に、いつも通りの汐里だった。いや……元通りになった、という表現が正しいかもしれない。

汐里からは、ほんの少しの未練も感じなかった。俺と付き合った日々は幻だったのかと思うくらいだった。

「……今更だろうけど。なんで俺が帰ってくるのがわかるんだ？」

「ふふふ、何度も言ってるじゃないですか。種の匂いでわかるんです」

腰に手を当てて自慢げにふんぞり返る汐里に、近くにいた保田が呆《あき》れた顔をする。

「だからその種の匂いが謎なんだよな～」

「うーん、私にはぷんぷん匂うんですけどね。ちなみに保田さん。あなたのビジネスカバンに、共同開発している会社から参考資料としてもらったキャベツの種が入っているのも把握《はあく》しておりますよ」

そう言って「はい、徴収です」と手を差し出す。

汐里の目に、すでに俺は入っていない。彼女の視線は保田のビジネスカバンだ。

これも元通り。汐里は……俺を、見なくなった。付き合っている時は、社内でも俺の顔を見てくれていたのに。

「はあ……」

五月の風が頬を撫《な》でる。なかなか心地いい。だけど心はどんより曇り模様だった。

「いや、淡泊すぎるだろ。切り替え早すぎじゃないか」

片手で額《ひたい》を押さえる。メシだって作ってやったし、汐里はおいしそうに食べていた。キスもしたし、セックスもした。デートもした。これ以上ないくらい、恋人らしい絆を結んだはずだ。でも、汐里はあっさりと別れを口にした。

どうしてだ。どうして？　普通、セックスすればそれなりに情が移るものじゃないか？

そう考えて、俺はハッと思い至る。

――今回の汐里の言動は、普段の俺と、そっくりだ。

いつまでも結婚の約束をしない俺にしびれを切らした恋人が『別れよう』と口にして、『あっそう、じゃあね』と別れを受け入れる俺とまったく同じ。

俺はあのころ、別れる時は後腐れなく『解散！』と言えるようなものがいいと思っていた。

でも実際にされると、こんなにも気持ちが落ちる。

汐里にとって俺はなんだったんだ。恋を研究するためのモルモットに過ぎなかったのか。

肌を重ねて、唇を合わせて——あんなにも、強く求め合ったのに。

結局、俺の独り相撲だったということか。

空を、仰ぐ。ムカツクくらいの青空だ。

俺に別れを告げた元カノ達は、皆、こんな虚《むな》しい気持ちを感じたのかな。自分という存在に無意味さを感じて、それで……あんなにも怒ったり、俺を詰《なじ》ったりしていたのかな。

汐里は、俺と同じ二十八歳。結婚を意識してもおかしくない年頃だ。

彼女は俺に、結婚するつもりがあるのかと聞いた。俺は——ないと答えた。だから汐里は俺を見限ったのか。どんなに仲を深めても、所詮《しょせん》は『結婚しない王子様』だったから。

「でも……俺は」

俯《うつむ》き、膝に肘《ひじ》をつく。

俺はどう考えても結婚に向いている性格ではないと思うのだ。

幸せな夫婦や家族。そういうものが、どうしても想像できない。だって愛は永遠じゃない。共に暮らせば、嫌でも相手の悪いところが目に入る。

それでも俺は愛し続けられるのだろうか。そして相手は俺を愛してくれるのだろうか。

両親は、ダメだった。それでも世間体を守るために表面は仲の良い夫婦を演じ、裏では互いに恋人を作って好き勝手していた。その恋人すら、数年で入れ替わっているのも知っている。

不倫相手にすら、あのふたりは愛を持続できないのだ。そんなふたりの子供である俺が、果たして幸せな家庭を築けるのだろうか。

――作ってみたい、という気持ちが、ないわけじゃない。でも、もしダメだったらと思うと怖い。

あの両親と同じような仮面夫婦になるのかと思うと、結婚なんてしないほうがいいのではと思ってしまう。

「俺は、人を好きになったらダメなタイプなのかもしれないな」

ぽつりと呟く。せっかく汐里を好きになっても、結婚という人生のターニングポイントから逃げていたら、そこから先に進むことはできない。だから汐里は俺を見限ったのだ。

賢明《けんめい》な判断だと思う。さすが院卒。頭の回転が速い。思考の切り替えも早い。

忘れるのが一番だ。

人を好きになってはいけないのなら、恋をしたことを忘れてしまうしかない。

世の中には、俺と同じように結婚願望のない女性もいる。その日限りの刹那《せつな》的な恋人ごっこを楽しめる人もいる。そういうのを相手にしながら、おもしろおかしく生きていけばいい。

――そう、思うしかなかった。


二週間経ち、三週間が経ち、梅雨《つゆ》の季節がやってくる。

ざあざあと大粒の雨が降る中、契約農園に、新種の苗を受け取りにいった。

ビニールハウスに入るとけたたましい雨音が響く。その中で、農園を世話している管理者がニコニコ顔で言った。

「このヒマワリの苗、トピカルシードさんの研究室の当眞さんが作った新種なんですよ～」

かごいっぱいのポリポットに、青々と茂るヒマワリの苗。

あんまり聞きたくなかった名前に、ぴくりとこめかみが反応する。

「そうですか。どういう特徴のヒマワリなんですか？」

「ビンセントシリーズのクリアで、色が淡い朱色なんです。花弁は赤色なんですけど、花の先端に向かってだんだん薄い黄色になっていく、グラデーションが素敵なヒマワリなんですよ」

「……それは、綺麗《きれい》でしょうね。市場でもよく売れそうです」

苗を受け取って、まだ見ぬ花を想像する。汐里の作り上げた新種は何度も手にしてきたが、どれも完成度が高かった。このヒマワリも人気品種になるだろう。営業としては大変ありがたいことだ。商品の特徴がわかりやすいのは、とても売りやすい。

「このヒマワリの種が届いた時、当眞さんは『好きな人を思い浮かべながら研究していたら、いつのまにかできちゃったんですよ～』って言ってましてね。そんなわけないでしょって笑っちゃいました」

小麦色に焼けた肌の彼は、楽しそうにガハハと笑う。

「好きな人、ですか」

「ええ。会社にいるんですかねえ。いや、若いってのはいいもんですわ～」

そんな世間話をして、俺は契約農園をあとにする。

「好きな人、か」

苗を営業車の助手席に置いて、運転席に乗る。営業をしていると、いつどこで、どのような花についてはある程度勉強はしている。

花の知識が役に立つかわからない。

確か、ヒマワリの花言葉は――『憧《あこが》れ』。または『あなただけを見つめる』。

その花の形から太陽の花とも呼ばれている、なんとも陽気な花だ。

つまり、汐里の好きなやつは陽キャってことかな。いつも目立っていて、きらきら輝く王子様みたいな感じで。

「――えっ」

自分の考えに、思わず目を見開く。そしてヒマワリの苗に目を向けた。

いや、そんな、まさか。……でも。

会社で、俺は不本意にも『結婚しない王子様』なんて呼ばれている。汐里はいつからこのヒマワリを研究していたのだろう。

品種改良は、簡単にできるものではない。数年をかけてようやく結果が実るような、地道なものだ。それなら汐里は、数年前から誰かに恋をして、このヒマワリを作っていたことになる。

誰に恋をしていたって。それは――

『……嫌いだったら、お試しのお付き合いでも、こんなこと、しませんよ』

いつか、そう言っていた。汐里を初めて抱いた日。頬を汗で濡らして、とろりとした目で言っていた。

ガン、とハンドルに頭を打ち付ける。

「俺は――バカだ」

汐里は最初からそうだったんだ。よく考えたら当たり前だった。好きじゃない男に抱かれるなんて、しかも初めてをくれるなんて、セックスに興味があるだけの理由ではありえない。

彼女は俺を好きになってくれていた。でも、俺が曖昧《あいまい》な態度で大切なことから逃げていたから、『好き』の一言を、ずっと呑み込んでいたんだ。

汐里は、ぼんやりしてるように見えて察しのいい奴だ。俺が結婚を怖がっているのもお見通しだったんだろう。そして俺は結局、汐里の予想したとおりに逃げ続けて、最後は見限られた。

誰かを愛しても、結婚ができなければ、ずっと一緒に居続けることはできない。

人は約束が欲しいものだ。老いても共にいてくれるという約束があれば、一緒に生きることができる。その約束を、結婚というのだ。

汐里は俺と別れて、俺を諦《あきら》めたのだろうか。いつか別の男を好きになるのだろうか。

その男がもし汐里を好きになったら結婚して、幸せになって、一生一緒にいるのだろうか。
グ、とハンドルを強く握り締めた。
――嫌だ、そんなの。汐里の傍にいるのは俺じゃないと嫌だ。知らない男の隣で、俺の好きなあの花が綻《ほころ》ぶような微笑みを見せるのかと思うと、おかしくなりそうになる。

忘れよう、なんて。土台無理な話だった。いつものように過去の出来事として流せるなんて、どうしてそんなことを思ったのだろう。

でも、もうすべては終わったこと。

汐里は俺の手から離れた。彼女からは少しも俺に対する未練を感じない。

もう俺は、汐里の傍にいることは許されない。

「は……っ、う……」

嗚咽《おえつ》のような声が出た。情けないにも程がある。失ってから気付くなんて、バカ以外の何物でもない。

でも、どうしても怖かったんだ。

愛は永遠じゃない。幼少のころから目《ま》の当たりにしてきた現実が、俺に夢さえ見させてくれない。

億劫《おっくう》に思いながらも、顔を上げた。横を見れば、まだ花を咲かせていないヒマワリの苗が、静かに佇《たたず》んでいる。

はあ、と虚《むな》しい息を吐いて――車のエンジンをかけた。

閑話　当眞汐里の恋わずらい

――私、当眞汐里の人生は、さほど特別なものでも、特異なものでもなかった。

よくある人生と言えば、そうかもしれない。

陰湿ないじめが多かった灰色の小学生時代を過ごして、中高一貫の進学校に入学した。

その選択は正しかったのだろう。

私の生活環境はぐっと快適になった。常にテストの点数がいいという理由で理不尽な嫌がらせをされることもないし、教室で自習しても嫌味ひとつ言われない。

もちろんいじめもないし、意味のないマウントの取り合いもない。

皆、自分の勉強で手一杯で、他人に構っている暇がない……というのが大きな理由だったのかもしれないけど、私にとって、それは救いだった。

私は、勉強が好きだった。知らないことを学ぶことも、難解な数式を解くのも楽しい。

でも、そうじゃない人がいる。私は小学生のころ、そういう人達に嫌われていたのだ。

好き嫌いがあるのは当たり前だけど、どうして他人の『好き』に、そこまで嫌悪感を示すのか、私にはよくわからなかった。

私の母は、ごく普通の会社員で、趣味は家庭菜園。休みの日は、いつも近所にある共同菜園に行って土弄《つちいじ》りをしていた。私も時々手伝っていた。

そのせいかな。私は植物に興味を持ったのだ。

苦手な野菜をおいしくしてみたい。この花をもっといろんな色に染めあげてみたい。

元々、興味を持ったら一直線みたいな性質を持っていた。

私はのめり込むように植物学をかたっぱしから勉強して、農業のことや、種の品種改良のことも調べて、自分で研究して……

気付いたら大学院に行っていた。

そして私は思う存分、大好きな研究と実験に没頭する日々を過ごした。

やがて、いい加減就職しなければならない歳になって、私はいくつかの企業と面接し、今の会社に落ち着いた。

職場の研究室は大学のそれとは少し違っていて、明確に利益を出さなければならないけれど、私はすぐに順応していった。

時々、うまく結果が実らなくて諦《あきら》めなければならない研究もあったけれど、それは縁がなかったのだと区切りをつけて、次の研究に移る。

私は就職して半年で、画期的な野菜の品種を作り出すことに成功した。

チームの皆は喜んでくれたけど、別のチームの人には少しやっかまれた。女のくせにとか、院卒だから調子に乗っているとか、陰口をたたかれ始めたのもこのころだ。

さすがに、小学生のころのような目立ったいじめはなかったけれど、同僚や先輩に睨《にら》まれたり嫌味を言われたりするのは、さすがにいい気分ではない。

私は、これが社会の荒波にもまれるということなのだろうか、なんて思いながら、ちょっと憂鬱《ゆううつ》な日々を過ごしていた。

ところで、私はやけに鼻が利く。これだけは第六感に近いのではないかと思うくらい、直感的に匂いを嗅《か》ぎ分けられるところがある。

苗を育てていて、これは伸びる苗だとか、これは今ひとつの苗だ、とか。

種の匂いもなんとなく善《よ》し悪《あ》しが嗅《か》ぎ分けられるので、仲のいい同僚には『本能で研究してるよね』と言われたこともある。

確かにこれは本能に近いかもしれない。

私を嫌う人達には『運がいい』とか『ツキだけで研究している』とか散々な言われようだけど、とにかく私の鼻は、営業さんが取引先や大学から頂いてきたサンプルの気配も察知できるのだ。

うかうかしていると先輩が独占して、私にサンプルを分けてくれない。

だから私は、その気配を察知するとすぐに営業部へ飛んでいった。勘が外れてもいいのだ。当たっていたら儲《もう》けもの。今のところ百発百中だけど。

私がサンプルを頂いて、研究室の皆に配っていると、私を嫌う人達は気味の悪そうな顔をしながらも、しぶしぶ受け取ってくれる。

ちなみに、営業部にはちょっと有名な営業さんがいた。

その人の名前は、御影知基さん。

茶色がかった地毛はさらさらで、軽く掻き上げた髪型はとても似合っている。

眉目秀麗《びもくしゅうれい》。ちょっと垂れた目はなんとも言えない色気があって、まるでテレビに映る俳優みたい。

でも、それもそのはず。彼は副業でモデル業もしているという話なのだ。

多くの女性を魅了してやまない、我が社きっての美青年。仕事もできる人で、営業成績は常にトップをキープしているらしい。

顔がよくて仕事もできる。完全無欠の王子様だ。

そんな彼は、もちろんすごくモテるので、あちこちでその浮名を流している。

総務課の誰々さん。倉庫管理の誰々さん……。噂を聞くたび、女性の名前が違う。

同僚に聞いたところによると、彼は一部で『結婚しない王子様』と呼ばれているらしい。

女性の扱いに馴《な》れていて、付き合っている間はお姫様のように扱ってくれるけど、結婚の約束は絶対にしない。だから、女性のほうが焦れて破局《じ》してしまう。

そういう男性だから、本気で好きになっても泣きを見るだけだよ、と同僚は笑って言っていた。

確かに、私から見ても御影知基さんはちょっと軽薄な感じだ。

まあ、私に対する態度は変人に対するものと同じで、いつも不機嫌そうに形のよい唇をへの字に曲げているけど……見れば見るほど、顔がいいなと感心してしまう。

この世に、本当に王子様がいるとしたら、知基さんみたいな顔をしているんだろうな。

ふと、思い出すのは、小学校のころにはまっていた物語。

私は現実逃避できるような物語を好んでいたので、可愛いファンタジー小説をよく読んでいた。

その物語に出てくる『王子様』はとても素敵で、恰好よくて、頼りがいがあって——必ず『お姫様』を幸せにしてくれる夢のような存在だった。

私は無意識のうちに、理想の王子様と知基さんを重ねていた。

恋をするのに時間はいらなかった。憧《あこが》れは、当たり前のように淡い恋心へと変容していたのだ。

でもそれは、本当の恋を知った今ならわかるけれど、おままごとのような感情だった。

特に知基さんと付き合いたいと望むわけでもなく、彼に自分を好きになってもらいたいと願うものでもない。

彼にとって私は他人でよかったのだ。ただ、素敵な人だと眺めているだけで満足だった。

もしかすると、本能的に悟っていたのかもしれない。いつもの勘が働いたのかも。

あの人に近付いたら必ず自分が傷付くことになると――なんとなく、わかっていたのだ。

そんな私と知基さんの関係は、ある時を境にぐっと近付くことになった。

なぜか知基さんは私に興味を持ち、付き合わないかと言ってきたのだ。

はじめは戸惑った。どうして私に？　正直言って、私に女性らしい魅力は皆無《かいむ》だと思う。会社ではいつの間にか変人とか変態とか言われているし、妙に鼻が利く私に営業部の皆も気味悪がってるくらいだ。知基さんだって、私が営業部に乗り込むとすぐさま距離を取って逃げようとしていたのに。

どういう心境の変化があったのだろう。私は怖くなって、とりあえず……断った。

すると知基さんはとても傷付いた顔をして、私を必死に説得しはじめた。

いったいなんなの？

遊びのつもりだろうか。からかっているだけなのかも。

けれど、知基さんの目は真剣で、私に嘘を言っているようには見えなかった。

——本当に、どうしてだかサッパリわからないけれど。

彼は真面目に私と恋人になりたいと思っているらしい。

むくむくと心の中に湧き上がった感情は、喜び。

憧《あこが》れていて、やがて恋をして、でも手が届くわけがないと諦《あきら》めていた人が、自分に振り向いてくれたという嬉しい気持ちが心の中を満たしていく。

——私、この人とだったら、普通の女の子みたいな恋ができるかもしれない。

デートというものをしてみたり、オシャレなカフェでドリンクを注文して交互に飲んでみたり、素敵な夜景を見て、ロマンチックな気持ちに浸ったり。

そういうことに憧《あこが》れていた。私は勉強と研究漬けの人生だったから、そういうフワフワしたものとは無縁だったのだ。でも興味がなかったわけじゃない。人並みに憧《あこが》れていた。

だから私は、知基さんの手を取った。

——それもまた、今から思えば、おままごとみたいな気持ちだったのだろう。

私は知基さんと付き合うことで、本当の恋を知ったのだ。

そして、その感情のあまりのおぞましさに恐怖して——背を向けて逃げた。

傷付いた表情をする知基さんに背を向けて、目をそらして、心の中でごめんなさいと謝って……

どうしても耐えられなかったのだ。私は自分の心を守るために、知基さんと別れる決意をした。

第三章

風邪を引いたわけでもないのに、身体が重い。

なにもかも、やる気がでない。毎日の料理すら適当だ。

俺は会社の自席でボーッとしていた。

今日の昼飯は、コンビニで買ってきたエナジーバーと野菜ジュース。適正カロリーとタンパク質とビタミンさえ摂取しておけば、そうそう身体を壊すことはない。

奇《く》しくもそれは、俺が汐里にやめるようにと怒った食事内容そのままなのだが、これが非常に効率がよいのだ。作るのも食べるのも面倒な時にもってこいである。

汐里は、本来はそこまで食べ物に興味がないのだろう。でも、俺の作る料理はうまいと喜んでいた。レストランの食事よりも俺の料理のほうがいいと言っていた。

それはつまり、俺のことが好きだったからだ。

でも、今さら気付いても遅い。俺はボリボリとエナジーバーを噛み、野菜ジュースで喉に流し込む。

こういう時、煙草でも吸えたら気分転換になりそうなのだが、俺は煙草が吸えない。匂いがあまり好きじゃない。でも、吸ってみようかな……

「あ〜」

デスクから立ち上がって、よろよろ歩いた。とりあえず自販機でコーヒーを買おう。

汐里と別れてからずっと、俺はこの調子である。ため息がめちゃくちゃ増えたし、なにをしても無気力だ。こんな人生ちっとも楽しくなくて、死んだほうがましなのではと思っている。

汐里を好きにならなければ、こんなふうにならなかったのかな。

汐里と出会わなければ、俺は今も楽しく女の子とキャッキャして遊んでたのかな。

げんなりしながらエレベーターに乗り、二階のリフレッシュルームに向かった。

「──で、なんですよ」

「ふーん、なんか残念だったね〜」

自販機コーナーでコーヒーを買おうとしていると、近くで話し声が聞こえた。それは間違えようもなく、汐里の声だった。

思わず聞き耳を立ててしまう。汐里と同僚の研究員らしき女性は、自販機コーナーから死角になっている場所で缶コーヒー片手に立ち話をしていた。

「当眞ちゃんと、結婚しない王子様で有名な御影さんが付き合ってたなんてびっくりしたけど、すでに別れちゃったなんてもっとびっくりだよ。まだ三ヶ月くらいでしょ？」

「はい。あんまりずるずる付き合っても仕方ないな～と思いましてね」

「そういうサッパリしてるところは当眞ちゃんらしいけど、ずっと前から好きだったんでしょ？　ちょっと思い切りが良すぎるというか……、もしかして、御影さんが嫌なやつだったの？」

同僚の女性がヒソヒソと小声になる。汐里は笑って「そんなことないですよ」と否定した。

「御影さんは優しくて思いやりもある素敵な人でした。お料理もすごく上手なんですよ～！」

「えっ、御影さんって料理するの？　意外～！　家庭的なイメージとは真逆だったよ」

「ふふ、私の食生活を知って、栄養のあるものを食べなきゃダメだって叱《しか》られました。とろ～り温泉卵の載ったとろとろカルボナーラなんて、お店開けそうでしたね」

「へ～っ、前に御影さんと付き合った人の話とぜんぜん違うよ。あの人はとにかくサービス精神が旺盛《おうせい》で、オシャレなレストランでごちそうしてくれるし時々プレゼントまでくれる、まさしく王子様！　って感じの人って聞いてたから。その代わり、自分の家には入れないし、結婚の約束は絶対しない人だって」

……俺の噂、そこまで詳細に流れてたのか。辛いな。

でも彼女の言っていることは間違ってはいない。俺は汐里と付き合うまでは、そういう感じだった。俺としてはサービス精神旺盛《おうせい》のつもりはなく、いたって普通の恋人として、型に嵌《は》まったようなオーソドックスな付き合いをしていただけなのだが。

「う～ん、私は結構、御影さんを振り回していましたからね。植物園巡りに付き合ってもらったり」

「当眞ちゃんは本当にブレないね～。でも、その様子だとケンカ別れしたわけでもないんでしょ。どうして別れちゃったの？　やっぱり結婚してくれないから？」

彼女の質問に、俺は知らず生唾《なまつば》を呑み込む。それは俺が今、もっとも聞きたいことだった。

汐里はコーヒーを軽く飲むと、遠くを見据える。

「そうですね、結婚してくれないというのは、ひとつの目安だったかもしれません。でも私が別れようって言った本当の理由は、私自身が耐えられなくなったからです」

そう言って、汐里はコーヒー缶を両手で持った。

「ずっと、御影さんに憧《あこが》れていました。付き合うなら、あの人がいいなあと思っていました。ひょんなことからその夢が叶って、彼と恋人同士になれて……はい、とても嬉しかったです」

伏し目がちに話すその表情は、柔《やわ》らかな照れ笑いだった。

「でも私は知らなかったんですよ。恋をするって、あんなにも欲深くなるものなんですね。自分でも引いちゃうくらいに、あの人が欲しくなったんです。その気持ちは日に日に増していく有様で、これが独占欲ってやつかあ～って、私はしみじみ実感しました」

「そう話すわりには、今は落ち着いてるというか、あんまり未練タラタラって感じに見えないんだけど？」

「ええ。だって先にリタイアを口にしたのは私です。それなのに未練を持つなんて恰好悪いじゃないですか。だから私は、そんなのダメだよって自分に言い聞かせているんです」

ニコニコと汐里が話す。同僚は「う～ん」と唸《うな》ったあと、ぴんと人差し指を立てた。

「つまり、未練はあるけど我慢してるってこと？」

「そうですね」

汐里はあっさり頷いて、ふぅと小さくため息をつく。

「恋をしたのは初めてでしたけど、こんなにも、自分の気持ちがコントロールできないものだったんですね。最初は付き合うだけで嬉しかったのに、次は手を繋ぎたい、その次は一緒に植物園に行きたい……どんどん、自分が欲張りになっていくんです」

彼女の言葉を聞きながら、俺は自分の手の平を見つめる。

俺もそうだった。汐里と付き合ってから欲深くなったと思う。汐里ならわかってくれる。汐里なら俺を幸せにしてくれる。彼女に対する期待が日に日に膨れ上がっていった。こんなにも、他人に期待したことはなかったのに。

「結婚って、詰まるところ究極の独占欲の表れだと思うんですよね。私は結婚願望が強いわけではなかったのですが、御影さんとは結婚したくなってしまいました。ワガママが極まって彼の人生すら欲しくなってしまったんですよ。でも、御影さんは『結婚しない王子様』、でしょう？」

汐里は缶コーヒーを飲みきって、近くの空き缶入れにポイと捨てた。

そして大きく伸びをして、近くの窓から外を見る。

「ダメ元で聞いてみましたが、やっぱり結婚は考えていないと言われました。それで私は、すっぱり諦《あきら》めようと決めたんです。――いくら好きでも、この独占欲がある限り、苦しさは消えない……いや、今以上に辛くなると思ったので」

「ふうん。そこで諦《あきら》められるところが当眞ちゃんだな～って感じだけど。種の研究で、どんなに心血注《しんけつそそ》いでも、結果が出なかった時はあっさり諦《あきら》めて次の研究始めるし」

「あれこれ試行錯誤して、それでも望んだ結果にならないなら、現段階では『不可能』ってことですからね。う～ん、なんでもそういうふうに割り切って考えちゃうところは、私の悪いところかもしれません。だって、『諦《あきら》めない』というのも才能ですから」

あはは、と汐里は苦笑いをした。

「――御影さん。彼にはきっと、なにかあって……それが原因で、結婚を嫌がるようになったんだと思うんです。なんとなく、彼と付き合ってわかりました。でも、私はそこからどうすることもできない。思いつかないんです。こういう時、普通の女の子なら……どうするんでしょうね」

寂しそうに彼女は言う。

そして、窓を背にして俯《うつむ》いた。

「私は御影さんに恋をするまで、研究にしか興味がありませんでした。だから、他人の心に寄り添ったり、優しく事情を聞き出したり……そういうことが、うまくできないんです。昔から」

嫌になりますね～と、汐里は微笑んだ。今までも、人間関係でうまくいかなかったことがある。そう言いたげな表情だった。

「でも、そういうことが得意な女の子はたくさんいるでしょう。彼はモテますから、いつかきっと出会えますよ。あの人を本当の意味で癒《いや》してくれる人がね」

まるで、頭に金《かな》ダライが落ちてきたような衝撃を受けた。

いつのまにか、自分が手にしていた缶コーヒーを、握りつぶしていた。

——俺は、汐里のことをなにもわかっていなかったのかもしれない。こんなにもいろいろなことを考えてくれていたのに、俺はその時を楽しむばかりで、ちゃんと汐里を理解しようとしていなかった。

もっとちゃんと、真面目な話をしておけばよかった。

自分が怖がっていることや不安に思っていることを、口に出して言えばよかった。

でも、もうすべてが手遅れだった。汐里はすでに気持ちを切り替えているし、今更『やっぱり結婚しよう』なんて調子のいいことを言ったところで頷いてはくれないだろう。

「俺は……どうすればいいんだ……」

リフレッシュルームを後にして、よろよろとエレベーターに乗る。そして壁に身体を預けて、白い天井を見上げた。


会社の最寄り駅に近い、とある居酒屋チェーン店。

俺は生中《なまちゅう》ジョッキを飲み干し、保田はアップルサワーをおいしそうに飲む。

「は～、うまいっ」

「いつも思うけど、保田は甘い酒ばっかかだな」

俺がつきだしの枝豆を食べつつ言うと、保田は「当然」と、ドヤ顔をする。

「苦いか甘いか、選ぶなら甘いほうに決まってるだろ。俺は好き好《この》んで苦いビールを飲むドMではないのだ」

「いや、ドMじゃねえよ。ビールのうまさがわからんとは、お前との仲もこれまでだな」

「うん、残念だ」

憎まれ口をたたき合っていると、店のスタッフがテーブルに料理を置いた。だし巻き卵に、焼き鳥の盛り合わせ、馬肉ユッケ、ナンコツの唐揚げ。

「あ、おねーさん。追加で、オムソバと揚げたこやきね」

「ちょっ、お前、それ一人で食えよ。俺の腹はそんなに入らない」

「御影は食が細すぎだなー。ジョシかよ」

「普通だよ！」

俺が怒鳴っている間に、オーダーを受けたスタッフはすたすたと厨房《ちゅうぼう》のほうへ行ってしまった。

「俺も保田も二十八だし、食い物には気を付けないと、あっという間に太るぞ」

「副業モデルは大変だね～。スタイル維持とか大変そ～」

「別に、あれはいつでも辞められる。ただ、太る自分っていうのを想像したくないし、なりたくないんだ」

「なるほど。イケメンを自覚してると苦労するね」

保田がからかうように笑った。

俺はだし巻き卵を口に放り込み、ごくごくとビールを飲み干す。

「なんかさ、恋をするだけなら楽だけど、愛を維持するのって難しいんだな」

「百戦錬磨《ひゃくせんれんま》な御影のセリフとは思えんな」

軽口を叩く保田に「ほっとけ」と減らず口をたたいて、馬肉のユッケを箸で摘まむ。

「ずっと……考えないようにしていたんだよ。俺の家庭事情って『温かい家族』みたいなイメージと真逆だったからさ。家族なんてこんなもんかって、小さいころから冷めてたし」

「御影の両親ってあれだろ。割と昔から名が知られてる政治家と、有名ブランドの女社長さん。ふたりとも、よくテレビに出てるよな。有名おしどり夫婦、とかいって」

「ふたりとも、世間へのイメージだけは必死に守っているからな。どっちも人気が要《かなめ》の仕事だし」

――実際は、カラッカラに乾いた関係だった。

プライベートで両親から声をかけられたことなんて、十年単位でないかもしれない。

他人よりも他人みたいな親子関係だ。

俺はずっと、愛はうつろうものだと思っていた。

維持できるものではなく、風に舞う木の葉のように気ままに漂うものなのだと。

でも、それは違うんだろう。

愛を維持するのは、努力なんだ。俺の親はそれを怠《おこた》っただけ。楽なほうに流されただけ。

俺はそこを勘違いして怖がっていた。愛は不確かなものだと決めつけて逃げていた。

……でも、もう。逃げたくない。

本当の幸せは、勝手に転がり込んでくるものじゃない。自分の力で掴《つか》むものなのだと知ったんだ。

他ならぬ、汐里のおかげで。

「問題は、どうやったら汐里とふたたび付き合えるかってことなんだよな」

馬肉のユッケを食べながら呟いていると、店員がテーブルに揚げたこやきとオムそばを置いた。

「さっき当眞と付き合ってたって話を聞いた時にも思ったけど、びっくりだなー。それにしてもなんか珍しくご執心だね。あの変態当眞のどこが気に入ったんだ？」

早速、オムそばを食べ始めた保田が尋ねた。

「変態じゃねえよ。まあ、嗅覚《きゅうかく》は犬並みだけど」

「その時点で十分人外《じんがい》じゃねえか」

保田のツッコミに何か言い返そうと思ったが、何も思いつかずに黙り込む。

確かに、汐里は変なやつだ。

でもそれ以上に、彼女は普通の女の子でもある。恋をして、戸惑って、苦しんで、決別した。

それは他の女の子と変わらない。彼女は決して、特別ではないんだ。

結婚したくないと言っても、なお、傍にいてくれるわけでも、結婚から逃げる男を相手に、辛抱《しんぼう》強く待ってくれるわけでもない。ろくでもない男の甘えた願望に付き合うほど、お人好しではない。それが普通というものだ。

なのに、俺は汐里の個性的な性格に惑わされてしまった。彼女は例外なんだと勘違いしてしまい、自分は変わらずとも彼女はずっと傍にいてくれると思い込んでいたのだ。

汐里は研究オタクの変人だから、結婚に興味がないだろうと決めつけていた。

これまでの人生で、いろいろな女性と付き合って、何度も何度も言われてきた。

――結婚はどうするの？　結婚のこと考えてる？　私と結婚する気あるの？　結婚してよ！

せっかく楽しく付き合っていたのに、数ヶ月も経てば結婚を匂わせた言葉を投げてくる。はっきり言って鬱陶《うっとう》しいと思っていた。またその話題かとうんざりした。

でも、今の俺はそう思わない。

彼女らは、どんな思いでその言葉を口にしたのだろう。そして、どれほど落胆《らくたん》していたのだろう。

軽い気持ちなんかじゃない。彼女達は——そして汐里は、ありったけの勇気を振り絞って、聞きづらい質問を投げかけていたんだ。

結婚はしないという俺の言葉に傷付くとわかっていても。

「俺はバカだな……」

「今ごろ気付いたのか。ちなみにどのあたりがバカだと思ったんだ？」

「お前、ほんっと容赦《ようしゃ》ないな。……なんつうか、人間関係というのは勝手に壊れるものじゃなく、どっちかが壊すものなんだなって、最近気付いたからさあ」

「うむ……それは、バカだな……」

揚げたこやきを頬張りながら、しみじみと言う保田に苛立ちが募《つの》る。なんで俺はこんなやつと飲もうと思ったのだろう。

「しかし、己がバカだと自覚するのは大切なことだと思うぞ。バカだったんだから、バカなりにバカから脱却しようと努力できるじゃないか。頑張ればバカは治るんだぞ」

「バカバカ言うな、バカ！」

保田に怒鳴りつつ、俺は焼き鳥の串を掴《つか》んだ。ついでに、通りかかった店員にハイボールを注文する。

「お前が言わんとしてることはわかるけど。具体的にどうやったらいいのかわからないんだよ」

「バカだもんなあ……」

俺は食べ終わった焼き鳥の串の先を保田に向けた。彼は「殺意ヨクナイ」と言って両手を横に振る。そして、空《から》になった揚げたこやきの皿を端に寄せた。

「そこまでわかってるなら、俺から言えるアドバイスはひとつだけだ。とにかく行動あるのみ！」

「たとえば？」

「変態当眞に正攻法が通じるかは知らないが、下手な小細工を弄《ろう》しても仕方ないだろ。当たって砕けろってやつだ。自分が悪いと思うなら謝って、誠意を見せるしかない。そうだろう？」

「……む」

言われてみれば確かに、それは正攻法な気がした。

言い訳を口にしたり策を凝らしたりするよりも、誠意が伝わりやすい。……でも。

「今更、とか言われないかな？　調子がいいとかさ」

「言われるかもしれんが、粘り強くやるしかないだろ。本当に、当眞とよりを戻したいならさ」

それもそうか。

店員がハイボールを運んでくる。俺はそれを受け取って、ごくごくと飲んだ。

「とにかく行動あるのみ、ってやつだな」

シンプルでわかりやすい。迷って悩んで足踏みしているよりもずっと建設的な気がした。


さあ汐里と仲直りしよう。そして今度こそ、結婚を視野にいれた恋人同士に戻ろう。

そう決意した俺は、早速次の日から行動を始めた。

つまり待ち伏せだ。幸いにも、俺は汐里と同じマンションに住んでいる。

早めに家を出て、エントランスの前で彼女を待ち構えた。なんというかこの時点で『俺ってもしかして厄介《やっかい》なストーカーと化してないか？』と思ったが、すぐに思考をシャットアウトした。

しばらくして、マンションのエントランスに汐里が現れる。俺はダッシュでそこに向かい、通せんぼをするように両手を広げた。

「わっ、なんですか」

びっくりする汐里の前髪は、寝癖で撥《は》ね上がっていた。

寝癖くらい直せよ……と心の中でつっこみつつも、そういう抜けたところが可愛いんだよな……とも思ってしまい、俺は本来言うべき言葉を忘れそうになる。

だが、慌てて本来の目的を思い出し、俺は朝っぱらから大声を出した。

「すまない！　俺が悪かったっ！」

両手を広げながら、ガバッと頭を下げる。汐里は目を丸くした。

「い、今は、詳しい説明は省《はぶ》くけど、結婚のこと……俺もちゃんと考えたいと思っているんだ。だから頼む。俺ともう一度、付き合ってほしい」

これ以上ないくらい、簡潔な説明だ。でも、変に言い訳をするよりも気持ちは伝わったんじゃないかと思う。

先日、汐里が同僚と話していた内容を思い出す限り、彼女は少なからず俺に未練を持っているようだった。それなら、これで少しは考慮してくれるんじゃないか――

「あー、すみませんけど、私、そういうのもう、おなかいっぱいなんで」

思ってもみなかった返事に俺は顔を上げる。

汐里はずれた眼鏡を直しながら、いつも通りの、にへらとした笑顔を見せていた。

「研究に集中したいので、しばらく恋愛とか考えたくないんですよね、アハハ。そんなわけで失礼しますね～」

そう言うと、汐里はさっと俺の腕をよけて、すたすたと歩き去っていく。

俺は彼女の後を追うこともできないまま、その場に立ち尽くした。

じ、人生で初めて、袖《そで》にされた……！

これでも渾身《こんしん》の告白だった。誠意を持って謝ったつもりだった。それなのに汐里は、まるで路上の勧誘を断るかのようにさっくりと拒否していった。

彼女の同僚も言っていたが、汐里は相当あっさりした性格をしているのだろう。

研究の見切りをつけるのも早いとか。

俺との関係も、すでに見切っているということなのだろうか。

多少の未練があっても……また傷付くくらいなら、よりは戻さないほうがいい。

聡明な汐里なら、それくらいのことは思っていそうだ。なんというか、本能を理性で抑えつけるのが得意な気がする。のほほんとした見た目だが、意外としっかりした考えを持っていたし……

だが、まだリベンジ一回目だ。

思いを伝える方法はひとつだけじゃない。

「俺は絶対に、諦《あきら》めない」

覚悟を決めて、こぶしを握った。

俺と汐里の攻防戦は、しばらく続いた。

俺が毎日マンション前で出待ちしていたら、あいつは会社で寝泊まりするようになってしまった。しつこく待ち伏せした俺にも問題はあるが、かといって、研究棟の休憩室で雑魚寝《ざこね》する汐里も相当頑固《がんこ》だと思う。

それならばと、俺はメールや電話を試すことにした。

電話は留守電に繋がってしまったが、メールはすぐに返事がきた。

『すみません。ちょっとこういうの困るので、メールアドレス変えますね』

全面拒否だと！　わざわざアドレスを変えると宣言されると、なかなかダメージがえぐい。

「うう……泣きそう……」

昼休み。食堂のテーブルに伏せる俺の向かい側に、保田が座った。

「天下の王子様がしょげてるな～」

けらけら笑って、カツ丼を食べ始める。

俺はグヌヌとしかめ面をして、身体を起こした。

「別に。やりなおそうってメールしたら、困るからメアド変えるって言われただけだ」

スマホ片手に唇を尖《とが》らせると、保田が「ぶふっ」と噴いた。

「いきなり笑わせるのやめろよ！　カツ丼噴いただろ！」

「俺はいたって真面目なんだよ！」

はぁ～、とため息をついて、コンビニで買ってきたサラダチキンに噛みつく。

「すごいなあ。こんなイケメンが必死に食い下がってるのに、メアド変える……拒否対応が徹底してる……ぶはっ」

俺はスーツの内ポケットからマジックペンを取り出し、蓋《ふた》を開けてペン先を保田の額《ひたい》に向けた。

「こら、俺の額《ひたい》に落書きしようとするな！」

「うるさい。バカ保田って書かせろ」

「やだ～八つ当たりなんて、恰好悪い！」

俺はどうして保田みたいなやつとつるむようになってしまったのだろう。心の底から後悔する。

「まあまあ、そんな睨《にら》むなよ。イケメンが台無しだぞ」

「もう保田とは会話しない」

ふん、と横を向いて野菜ジュースを飲んでいると、保田が堪《こら》えきれないようにクックッと笑った。

「まあそう拗《す》ねるなよ。つまり、あの手この手を尽くしても、まったく話を聞いてくれないわけだ」

カツ丼を食べ終えた保田は、緑茶のペットボトルの蓋《ふた》をきゅっと開ける。

「正攻法が効かないなら、搦《から》め手でいくしかないだろ」

「どういう手でいくんだよ」

「御影は当眞を説得したい。でも向こうは聞く耳を持ってくれない。それなら、無理矢理でも話し合いの場を作るしかない」

「それはわかってるけど。問題は、どうやってその場を作るかってことだろ」

「簡単な話だ。当眞が欲しがっているもので釣ればいいんだよ」

そう言って、保田はニヤリと笑った。ペットボトルの緑茶を飲んで、ビジネスカバンからチケットを一枚取り出す。

「これ、取引先からもらってきたんだ。当眞は植物園巡りが好きなんだろ。こういうの、好きそうじゃないか？」

チケットを受け取ってまじまじと眺める。

それは都内にある植物園のペアチケットだった。内容は――

『期間限定。幻の花が見られる深夜の植物園』

びっくりしてしまうほど、当眞が喜びそうなチケットだ。植物園は、なかなか深夜に入れるものではない。それだけでもレアだというのに、幻の花なんてものが見られるなんて。

「俺は別に行きたくないし、それ、やるよ」

「え……お前、めちゃくちゃイイヤツじゃないか。実は親友なのか、俺達」

「うむ。俺との友情をありがたく思えよ」

保田がふふんと勝ち誇ったように笑う。俺は心から感謝しつつ、チケットを財布の中に仕舞った。

これからは保田にもう少し優しくしよう。次に一緒に飲む時に、一杯くらい奢《おご》ってあげてもいい。

「しかし、チケットは確かに汐里の好きそうなものだけど、これを使って、どうやって話し合いの場に誘い込めばいいんだろう」

俺が汐里にチケットを見せたところで、ホイホイとついてきてくれるわけがないし。いっそ郵送にしてみようか。差出人不明で、このチケットが欲しければここに来いと指示するとか……。いや、あからさまに怪しいだろ。俺なら絶対行かないな。

「う～ん……」

「何を悩んでいるんだ。そんなの簡単だろ？　釣り竿の針にチケットをぶらさげて、当眞を釣り上げたらいい」

保田が魚を釣るように腕を振る。

俺は半眼《はんがん》になって保田を睨《にら》んだ。

「お前、俺の女をバカにしてるだろ」

やっぱりこいつは俺の敵だ。二度と親友なんて思うものか。保田がどんなに金欠になっても、今後は絶対奢《おご》ってやらんと心に誓う。

「いっぱしに独占欲だけはあるんだねえ……。まあやってみろって！　当眞だし引っかかるだろ。それとも他に方法があるのか？」

「ぐっ……」

俺は悔しく思いながら唇を引き締めた。悲しいことに、他の方法はまったく思いつかない。

だ、だが、さすがに当眞を釣り竿で釣り上げるとか……無理だろ。俺なら絶対引っかからない。

それ以前に、女の子にそんなことをしていいのか？

しかし……でも……いや……

しかめ面で、腕を組んで悩みまくる俺を楽しげに見た保田は「釣ってるところを動画撮って俺に見せてくれてもいいんだよ」と言ったので、俺は無言でやつの額《ひたい》にチョップを入れた。

それから数日後。午後、十時――

マンション五階のエレベーターホールの近くで、俺は今か今かと当眞の帰宅を待っていた。

俺が当眞につきまとったり、待ち伏せしたりするのを一切やめたおかげか、当眞はようやく研究棟に泊まり込むのをやめて、ちゃんとマンションに帰るようになった。

エレベーターホールの横手には、階段がある。俺は階段の陰に潜《ひそ》んでおり、このために購入した新品の釣り竿を両手で握り込む。

釣り糸の先には、ビニール袋に入ったペアチケット。

本当にこんなので釣れるのだろうか？　むしろバカにしてるのかって怒られそうだが……

まあそれはそれで、謝ったらいいか。汐里なら、そこまでマジギレはしないだろう。たぶん。

それにしても、本当に俺……何やってるんだろう。

思わずかっくりと肩を落としてしまう。これが何人もの女性を夢中にさせてきた男のやることだろうか。まことに恰好悪い。ぜんぜんスマートじゃない。

……でも、少しでも可能性があるのなら、俺はなんだってやる。

絶対に、汐里を釣り上げてみせる。

しばらくして、エレベーターが動いた。ビリッと背中に緊張が走る。

汐里か？　別の人か？

釣り竿を握りしめて様子を窺《うかが》っていると、エレベーターは五階に止まった。

ガコン——と、扉が開く。出てきたのは、汐里だった。

よし！

俺は階段の裏からひゅんと釣り竿を振った。釣り糸は綺麗《きれい》な弧を描いて、廊下にぽとりと落ちる。釣り針に引っかかっているのは、汐里が絶対に欲しがるであろう——チケット。

「ん？」

汐里が気付いたようだ。カツカツとローファーの音を鳴らしながら廊下を歩き、地面に落ちているビニール袋を見下ろした。

「なんですか、これ。……これはっ⁉」

汐里の目がカッと見開かれる。

今だ！

俺は釣り竿をぐいっと振り上げた。チケットの入ったビニール袋がふわっと宙を舞う。

「えっ、えっ⁉」

驚く汐里をよそに、チケットは廊下のほうに飛んでいく。俺は釣り糸をリールで回しながら、階段を上《のぼ》った。

「ちょっと待って！　幻の花が見られる深夜の植物園のチケット！」

汐里がチケットを追って走ってきた。うむ、順調である。悲しいくらい。

俺は絶妙に竿を動かし、釣り糸をリールで調整し、汐里が取れるか取れないかの距離を保ちながらチケットを動かした。

六階……七階……八階！

俺は目的の階に到着した途端、猛ダッシュで自分の家に向かい、ドアを開けて玄関に入る。そして廊下の先を窺《うかが》いながらゆっくりとリールを回した。

「はあ、はあ、そういえば……チケット……なんで動いてるの？」

階段を三階分上《のぼ》った汐里は息が上がっていた。よろよろしながらも早歩きでチケットを追いかけている。そしてついに、彼女は俺の部屋の玄関に入ってきた。その瞬間を狙って――

バタン、ガチリ。

俺は玄関の扉を閉めて、鍵をかける。チェーンもかけた。

「ああっ、ええっ、み、御影さん⁉」

ようやく自分が嵌《は》められたと気付いたのか、汐里がその場でのけぞった。

「ふふふ……やっと捕まえた。もう逃がさない」

俺は勝利の笑みを浮かべて汐里を見つめる。彼女は戸惑ったように俺とチケットを交互に見てから、驚愕《きょうがく》の表情を浮かべた。

「まっ、まさか、私を監禁するおつもりで……⁉」

「そんなわけあるか！　話し合いがしたいだけだ！」

俺は汐里にツッコミを入れたあと、釣り針からビニール袋を取る。そして汐里に押しつけた。

「これはやる」

「くれるのですか？　こんな素敵なチケットを……？」

「ああ。その代わり、俺の話を聞いてくれ。……少なくとも、今だけは」

真剣に汐里を見つめる。このチャンスを逃したら——もう二度とない。これは最初で最後の申し開きだ。

汐里は少し困った顔をしたが、チケットの入ったビニール袋を受け取った。そしてこくりと頷く。

「……わかりました」

「立ち話もなんだから、こっちに来てくれ」

俺は釣り竿を壁に立てかけて、リビングに向かった。

「えっ、ちょっと待って下さい。このチケット、まさか釣り竿で？」

「ああ、そのまさかだ。本当に釣れるとは思わなかったが……」

「わ、私も、この人生で釣られるなんて思いもよりませんでした」

それはそうだろう。俺だってびっくりだ。保田に釣果《ちょうか》を報告したら、絶対に「なんでそんなおもしろ動画を撮ってないんだよ！」とか言いそうだが、俺も必死だったのでそんな余裕は一切なかった。まあ、結果良ければすべてよし、である。

「そこに座ってくれ。コーヒーを淹《い》れるから」

俺はカウンター席をすすめると、キッチンでコーヒーを淹《い》れ始める。

そういえば、コーヒーを淹《い》れるのは久しぶりだ。汐里と別れてから、一度も淹《い》れていなかった。

汐里は大人しくカウンターの椅子に座って、きょろきょろとあたりを見回している。

「なんだか、ここに座るの……随分久しぶりな気がします」

「俺も、そこに汐里がいるのが久しぶりだと思う」

俺達が付き合って別れるまでの期間はわずか三ヶ月だった。それなのに、懐かしいと思う。

あの時に感じたときめきが、何年も昔のように感じてしまう。

俺はふたり分のコーヒーをカウンターに置いたあと、汐里の隣に座った。

「今まで、時間がなくて話せなかったことを、ここで話そうと思う」

コーヒーを一口飲んでから言うと、汐里は神妙な顔で頷いた。

「身内の恥を晒《さら》すみたいで、ちょっと恰好悪いんだけど……」

そう切り出してから、俺は自分のことについて話し始めた。

そういえば、こんな昔話は、誰にも話したことがない。つまらない話だし、聞いたほうも面白くないだろうと思って、自分の話は避けていた。

――でも、皆……もしかしたら、聞きたかったのかな。

俺の弱いところを、子供っぽい感情を、知りたいと思っていたのかな。

今ではもう、わからない。ただ、俺は――汐里にだけは聞いてほしかった。知っていてほしかった。自分の情けない部分を、恰好悪い自分を。

「俺の両親は……その、ぶっちゃけて言うと、かなりドライな関係だったんだ。愛情はとっくの昔になくなっていて、お互いに愛人がいて……俺は、親の義理で育てられてきた」

俺の言葉に、汐里がなんとも言えない表情をする。戸惑っているような、困惑しているような。

そんな自分語りを聞かされても困る、と思っているのだろうか？

……いや、汐里なら大丈夫。彼女はちゃんと、俺の過去を受け入れてくれるはず。

「もちろん子供に対する愛情も消え失せていたから、実際に俺を世話していたのはシッターだったけど、それも必要最低限の世話をするって感じでさ、ずさんだった。俺は幼少時からすでにもう、他人に対して見切りをつけていたんだ」

それは、愛情も同じこと。

俺は愛を知らないまま育ったから、こんなにも歪んだ性格になってしまった。

「結婚なんて面倒だ。愛ほど不確かなものはない。愛は移ろうものだから、一生を共にするなんてできるはずがない。そう思い込んでいた俺は、誰と付き合っても不誠実な態度を取っていた。……きっと、君に対してもそうだったんだと思う」

俺は汐里を見つめた。彼女はコーヒーを一口飲んだあと、辛そうに目を伏せる。

「でも、汐里に別れを告げられて、君が俺の傍から離れて……遠くなって。やっと気付いた。そうなる前に気付けよって話なんだけど、俺は自分で思うよりもバカだったみたいでさ」

ははは、と苦笑いをして頭を掻く。ここは一応笑いどころなのだが、汐里は笑顔になってくれなかった。いつになく真剣な面持ちで、俺を見つめる。

「俺……は、本当は、ちゃんと恋をしたかったんだ。誰かを愛してみたかった。でも愛し方がわからなくて、いろいろ回り道して……たくさんの人を傷付けた。これに関しては言い訳するつもりはない。俺は最低だったよ」

こんな一言で自分のやってきたことが帳消しになるなんて思っていない。

俺は汐里をしかと見つめて、真剣に言った。

「だから汐里。俺を殴ってほしい」

「えっ」

汐里が驚いた顔をした。しかし俺はいたって真面目である。

「俺がやってきた不誠実さを、今更なかったことにはできない。こんな俺に、誰かを愛する資格なんてないのかもしれない。でも、俺は……汐里を好きになってしまったんだ。傍にいてほしい。隣にいてくれないと、息もしづらい。どうにかなってしまいそうで、汐里が欲しくて欲しくて堪《たま》らない」

「知基さん……」

目を丸くする汐里の手を、ぎゅっと握りしめた。

「だから頼む。俺を見限らないでくれ。俺のやってきたことが許せないなら、いくらでも殴っていい。罵《ののし》ってもいい。……だからもう、俺を拒否するのだけはやめてくれ」

ああ、なんて恰好の悪い告白だろう。女にすがりつくなんて、男として情けないにも程がある。

でも――それでも、いい。

つまらないプライドなんて空の彼方《かなた》に投げ捨ててやる。

汐里がふたたび手に入るのなら。また、俺の料理を食べて喜んでくれて、笑ってくれるなら。

他に、欲しいものなんてひとつもないんだ。

「汐里。俺を許してくれ」

頭を下げた。これが今の俺が示せる精一杯の誠意だ。

汐里の小さなため息が聞こえる。そして、ふいにヒュンと頬に風を感じた。

ひっぱたかれると覚悟して、ぐっと奥歯を噛みしめる。

だが、頬に衝撃はなかった。張り手の音もしない。

――汐里は、両手で優しく俺の頬に触れていた。

「もう、しょうがない人ですね。今度ばかりはおバカさんですねって言わせてもらいますよ」

俺は顔を上げた。汐里は俺の頬に柔《やわ》らかく触れて、穏やかに微笑んでいた。

「好きな人を、殴れるわけ……ないじゃないですか」

「汐里」

驚きに目を見開く。彼女は困った顔をして「まったく」と呆《あき》れた声を出した。

「私は、知基さんの過去に怒っているわけでも、許せないと思っているわけでもありません。あなたが言ったように、過去をなかったことにはできないんですから」

そう言って、汐里はゆっくりと俺の手を握りしめる。

「知基さんの子供時代を教えてもらって、あなたが過去にしてきたことを悔いているのを知って、私はやっと知基さんの抱えている苦しみを理解できた気がします」

汐里の手は温かい。そして不思議と、怖いという気持ちが薄れていく。

そう、俺はずっと恋をしたいと思っていた。両親のようなカタチだけの夫婦じゃなくて、ちゃんと愛を育《はぐく》んでいけるような……愛を継続していけるような関係に憧《あこが》れていた。

でも物心ついた時から、愛のない親を見て育ったから、怖かった。

俺の気持ちが薄れることじゃなくて、相手の心変わりに怯《おび》えていた。

でも、汐里の手の温もりがじんわりとその恐怖心をなくしていく。きっと大丈夫だと、この人なら安心だと、心が訴えてくる。

「大丈夫。私は——変なところがあるかもしれませんが、知基さんを思う気持ちだけは変わることはないと約束できますよ」

それは単なる口約束。本当は、断言することはできない。俺も汐里も、これからのことなんてわからない。将来起きることは誰も知りようがない。

——けれども、そんな曖昧《あいまい》な未来を信じなきゃ、人と人の絆は結べないのかもしれない。

いつか裏切られるかもしれないと怯《おび》えて行動できないままでは、勇気を出して踏み出さないままでは、望む未来は掴《つか》めないんだ。

そして……その勇気は、汐里のために使いたい。俺は汐里と一緒に未来を歩きたいから。

ずっと、一生。

「汐里、ごめんな……ありがとう」

思わず彼女を抱きしめた。そして二度と手放すものかと腕に力を込める。

「結婚しよう。俺は、汐里と幸せになりたい」

汐里はその言葉を受け入れるように、俺の背中を抱きしめてくれた。

「はい。私はちょっと変わってるかもしれませんが、末永くよろしくお願いします」

温かくて、優しくて、どこか頼もしささえある。

汐里は、今俺が一番欲しがっている言葉を、当たり前のように言ってくれた。

第四章　初恋は、結婚しない王子様

――深夜の植物園は、私が小学三年の秋、深夜の小学校に潜入した日を思い出させた。

私をいじめていたクラスメイトに隠された上靴を探すため、ひとりで学校に忍び込んだことがあったのだ。

月の光に照らされた校舎は不思議と神秘的で、だけど妙に怖かった。

もし異世界に旅立てるなら、こういうところが入り口なのかな、と思った。

そのころはまっていた小説が、ちょうどそんな物語だったのだ。私も異世界に行けたら、幸せになれるのだろうか。

──あのころの私は、ひたすら現実逃避をしていた気がする。小学校に通う私の生活環境は辛くて少しも楽しくなくて、毎日が苦痛だった。

裏庭のゴミ箱に捨てられていた上靴を見つけて、空を仰ぐ。

ああ、この綺麗《きれい》な月夜が見られたのなら、今夜学校に来てよかったのかもしれない。

マジックで落書きだらけにされてしまった上靴を握りしめて、そんなことを考えた。

「どうした？　ぼんやり空を眺めて」

ふいに声をかけられる。横を向くと、そこには知基さんがいた。

「あ──その、ちょっと小学生のころを思い出しまして。実は、深夜の小学校に忍び込んだことがあったんですよ」

「ええ？　真面目一徹っぽく見えるけど、そんなこともしていたんだな」

知基さんが驚いたように目を丸くする。私はくすっと笑った。

「はい。これでも木登りは得意だったので、学校の校門をよじ登るくらいは楽勝でしたね」

「はは、なかなかパワフルな子供だったんだな」

知基さんは、私の過去を知らない。でもそれでいいと思う。教えるつもりもないし、可哀想だったねと同情されたいわけでもない。

彼が自分の過去を悔やんでいるように、私も、自分の過去はあまり思い出したくないのだ。

その過去があって今の自分があるとわかっていても、わざわざ、古傷をえぐる必要はない。

「夜の植物園って、不思議と幻想的で、まるで違う世界に迷い込んだみたい。その感覚が、小学校に忍び込んだ時の感覚と似ていたんですよ」

「確かに、なんか特別感があるよな。深夜だからか、あたりも静かだし」

今日は、知基さんが用意してくれたチケットを使って、深夜の植物園に入園した。

幻の花はもちろん楽しみだけど、夜の植物園を散策するなんてあまりお目にかかれないイベントだ。せっかくだし、目一杯楽しみたい。

知基さんは、私の手をしっかり握って歩いている。

大きくて、男性らしさのある硬い手。確かな温もりが私に伝わってきた。

それは、じんわりと私の心を温める。

深夜の小学校は怖く感じたけど、今は怖くない。だって大好きになった人が隣にいるんだもの。

ああ、なんだか夢みたいだ。これ、現実なのかな？

私が初めて好きになった男性は『結婚しない王子様』。その彼が、私の恋人になってくれたなんて……いまだにちょっと、信じられない。

そういえば、私が御影知基という、社内で有名な人に恋をしたのは二年前。入社して半年過ぎた、夏の日だったと思い出す。

あのころは手の届かない、まさしく『雲の上の人』だったのに。

今は隣にいて、私に微笑んでくれている。

どんな奇跡が起きたのだろう。彼はどうして私を好きになってくれたのだろう。

その理由はいまだによくわからないけれど、知基さんの私を好きという気持ちだけは信じられる。

だから今は——この幸せをいっぱい噛みしめていたい。一度は手放したけれど、彼がまた掴《つか》んでくれたこの手を離さないでいたい。

ずっと、一生。私はこの人だけを愛していこうと、心に決めた。

夜の植物園の目玉であった幻の花は、月下美人《げっかびじん》という。

一年のうち数回しか咲かない上、一晩で萎《しぼ》んでしまう儚《はかな》い花。

今日という特別な夜に植物園へ入れたのは、わずか十人ほどだ。

本当に、このチケットをどこで手に入れたのかは知らないけれど、知基さんには大感謝だ。

この目で月下美人《げっかびじん》の開花を見られるのも、この奇跡的な機会を知基さんと過ごせることも嬉しい。

月下美人《げっかびじん》は夕方ごろには開花しはじめていて、午後八時を過ぎた今、満開になった。

熱帯植物ブースであるここは温室で、空を見上げればビニールハウス越しに月が見える。

ああ、なんて綺麗《きれい》な夜だろう。

こんなにロマンティックな気持ちになれたのは生まれて初めてかもしれない。

最初に印象深いと思った、小学校の月夜は、苦い味をしていた。

でも今は、こんなにも嬉しくて、幸せで……甘い味。

静かに咲き誇る月下美人《げっかびじん》は、繊細な花びらを大きく広げて、美しく咲いている。

風に乗って、ふわりと花の匂いがした。今の私の気持ちを代弁するかのような甘い香りだ。

ジャスミンを甘く煮詰めたような、上品で綺麗《きれい》な芳香《ほうこう》。

「月下美人《げっかびじん》って、こんな匂いがするんだな」

「いい匂いですよね～。月下美人《げっかびじん》は一夜しか咲かないことで有名ですが、この強い香りによってコウモリをおびき寄せている、という説があるんですよ」

私がこの花について知っている知識を口にすると、知基さんは「へえ?」と興味深そうに目を丸くした。

——その表情がとても好きなんだよ。なんて言ったら、知基さんはどんな顔をするのかな?

「夜はミツバチも蝶もお休みしてますからね。コウモリに花粉を運んでもらうんですよ」

「ああ、そういうことか。コウモリにね……面白いなあ。人間は楽しむだけだけど、花の香りにはちゃんと植物ならではの理由があるんだよな」

知基さんが感心したように頷いている。

「じゃあ、夜に咲くっていうのも理由があるのか?」

「そうですねえ、諸説ありますけど……大きな理由としては、他にライバルの花がいない、というのがあげられます。他に花がなければ、花粉を運んでもらえる確率が上がるでしょう?」

「なるほど、花も大変だな」

「種《しゅ》を繋ぐというのには、どんな生き物も苦労しているのかもしれないですね〜」

そんな話をしながら、ふたりで眺める。

一夜限りの美しい花、月下美人《げっかびじん》。これは和名だけれど、外国では A queen of the

night……つまり、夜の女王と呼ばれている。

どちらもこの花にふさわしい。高貴さのある名前だと思う。

私はチラと知基さんを横目で見た。

きっとこの人は無意識なんだろうなあ。彼は元から多くのものを持っていたから、人を妬《ねた》んだり、羨《うらや》んだりすることがあまりないのだと思う。

だからこそ、知基さんはいつも、私の話を素直に聞いてくれる。

知識自慢だとか、理屈っぽいとか、そういうことを一切言わない。

いつも好奇心いっぱいの目をして、私の面白くない話を楽しそうに聞いてくれる。

それだけのことが、こんなにも嬉しくて、心が躍ることを——この人は知らないだろう。

ある意味、罪つくりな人かもしれない。

いい意味でも悪い意味でも悪意のない人だから……絆《ほだ》されてしまった女性達の気持ちが、今ならちょっとだけわかる気がする。

知基さんは相貌《そうぼう》が整っていて、とても魅力的な見た目をしているけれど、彼を好きになった女性達は、決して顔だけで判断したわけじゃないと思うのだ。

優しい気持ちを持っているし、いろいろなところで心遣いを感じる。親切だし、まめだし、真面目なところもあって、浮気は絶対にしない。

素敵な男性だ。――ただ、結婚はできない。それが、女性と長続きしなかった大きな理由。

付き合った最初こそ、私は、結婚をそこまで意識していなかった。籍を入れないで何十年も同棲しているカップルはいるし、結婚が人生のすべてじゃない。そう思っていた。

でも、違うのだと、私は思い知った。

恋をすると、人は貪欲《どんよく》になるのだ。それはワガママという次元を超えた欲望だった。無償の愛なんて私にはなかった。私は自分で思うよりもずっと、欲深かったのだ。

知基さんと過ごす日が増えるたび、少しずつ欲が増えていく。

もっと傍にいたい。大好きだと言われたい。触れたい。愛し合いたい。

本能にも似た欲望はやがて、結婚願望に至る。――私は、知基さんの人生が欲しくなってしまったのだ。彼の生きる道を、私も共に歩きたいと望んでしまった。

結婚をしなくても共に生きる選択はある。でも私は、証明も欲しがってしまった。世間に向かって、彼は自分のものだという証《あかし》を、望んだのだ。

なんて独占欲。おぞましいほどの支配欲。

彼に恋をしたことで、私はその感情を知った。自分にはないものだと思っていたけれど、私も人間。ちゃんと持っていたのだ。

黒くて、汚くて、泥みたいな重苦しい気持ち。

知基さんと結婚して、自分のものにしたいという願望が満たされない限り、私はこの感情に振り回されながら生きていかなければならない。それはゴールのないマラソンみたいだった。

苦しいのを我慢して、終わりの見えない道を走り続ける。

そんな人生は耐えられないと思った。だから、私は知基さんから一度は逃げたのだ。

彼が何かを抱えていて、それが原因で結婚に踏み切れないんだというのは薄々わかっていたけれど、私はそれを解決できる術《すべ》を持たないから……逃げるしかなかった。

なぜか知基さんは私とやりなおしたいと何度も説得しにきたけれど、また『結婚できない』と言われてしまったら今度こそ心が壊れてしまいそうだったので、私は頑《かたく》なに拒否した。マンション前で待ち構えていたので、研究室に泊まり込んだこともある。

ま、まあ、結局あんな方法で捕まえられてしまって……まさかチケットで文字通り釣り上げてくるとはとは思わなかったけれど……

――知基さんは私との結婚を視野に入れてくれた。それは舞い上がってしまいそうなほど嬉しいけど、つくづく、どうしてこんな私を好きになったのだろうと疑問を覚える。

会社では、知基さんも含めて、皆私のことを変人扱いしてたのに。

本当にそこだけがいまひとつわからないけれど……ま、いいか。

結婚は、確かに人生のすべてではない。

けれど大好きな人と一生共にいられるという約束は、私にとってとても大切なものだった。

これは、単純にそれだけの話。

きっとどこにでもある、なんでもない――恋の顛末《てんまつ》なのだ。


私が知基さんとのお付き合いを再開してからしばらく後。

研究室のデスクで椅子に座り、顕微鏡《けんびきょう》とにらめっこしていた私に、同僚の利田《としだ》さんが声をかけてきた。

「当眞ちゃん～。君と結婚しない王子様が付き合ってるって話、噂になってるよ～」

「えっ、そうなのですか？」

私は顕微鏡《けんびきょう》から目を離して、利田さんを見上げる。

「営業部からまわってきた情報だから、御影さんが言ったのかなあ？」

「そうなのかな。ちょっと恥《は》ずかしいですね」

ぽりぽりと頬を掻く。うちの会社は社内恋愛禁止ってわけじゃないから、他にも社内で付き合っている人達はいる。でも、別に噂になっていない。相手が御影さんだからこそ、ここまで噂が広がってきたのだろう。

「相手が御影さんだと、何かと話題になりやすいんでしょうねえ」

「私は当眞ちゃんからコッソリ聞いていたからそこまで驚かなかったけど、Bチームの先輩方はびっくり仰天《ぎょうてん》して、お目々まんまるにしてたよ～」

　利田さんが両手でマルを作って両目にくっつける。私はくすっと笑った。

「う～ん、あの御影さんの相手が私ってことが信じられないんでしょうね」

　Bチームは男性研究員のみで構成された研究班だ。私を目の敵《かたき》にして嫌う人が多い。理由は……いろいろあるみたいだけど、まとめると女で院卒というのが気に入らないらしい。

　こういうと、男性は皆私を敵視しているのかと思われそうだけど、研究室全体で言えば一部の人達だ。多くの先輩や同僚は、利田さんみたいに愛想よく話してくれる。

「でも、御影さんと私のことが噂になっているなら、この会社の女性社員さんからは一気に嫌われてしまうんでしょうね。特に、御影さんの元彼女さんとか、おもしろくないでしょうし」

「え？　ぜんぜんそんなことないよ」

　利田さんが心外そうな顔をして言うので、私は首を傾げる。

「むしろ、当眞ちゃん、めちゃくちゃ応援されてるよ。頑張れって」

「そ、そうなのですか？」

利田さんは「うん」と頷いて、私のデスクに軽く腰を下ろした。

「なんたって、あの結婚しない王子様が、自《みずか》ら告白したって話だもん。今までそんなことはなかったからね。『あいつの真のタイプが当眞みたいな変人だったのなら、普通の私が頑張っても無理だった』――元カノ代表、総務課Nさんのコメントです」

手をマイクのようにして話す利田さんに、私は「そんなコメントまで」と苦笑いしてしまう。

「そうなんですよね～。私も謎なんですよ。正直、私のどこがよかったんですかね？」

総務課Kさんのコメントもよくわかる。

変人……というのはちょっと不服を申し立てたいけれど、私に女性らしい魅力はあまりないと思うのだ。うちの女性研究員にしても、私より綺麗《きれい》な人やオシャレな人は、たくさんいる。

見た目が問題ではないにしても、中身にしたって……私、料理すらできない。というか、家事全般が苦手で、洗濯から乾燥まで近所のコインランドリーまかせだし、部屋の中はお掃除ロボットがフル稼働している……そしてよく、遭難している。

こんな、なにもできない人のどこがいいのか。

ちょっと聞いてみたい気持ちはある。でも怖い。彼も「汐里が変人だから」って言ってきたら泣いちゃうかもしれない。

「ありゃ、噂をすれば影だね」

「え？」

ふいに利田さんが顔を上げて向こうを見た。釣られて振り返る。

「よっ」

研究室の入り口に立っていたのは、まさしく今話題に出たばかりの知基さんだった。

「とも——御影さん！」

知基さんと言いそうになって、慌てて言い直す。ここは会社だ。それくらいのけじめはつけなきゃ。

「汐里にとっておきのお土産《みやげ》をやろうと思って、ガレージから直接きたんだ。さすがにガレージまでは、匂いは察知できないみたいだな」

カツカツと革靴の音を立てて近付いてくる知基さん。

うう、相変わらず恰好良い……。紺色のビジネススーツも、しゅっとした形の黒い革靴も、さらっとなでつけた髪型もぜんぶ似合っていて、まるで雑誌のモデルみたい。……って、彼は本当にモデルの仕事もやってるから、サマになっているのは当然なんだけど。

それにしても知基さん。あなたは会社でも『汐里』って呼ぶんですね。嬉しさ半分、恥《は》ずかしさ半分です。でも、そういうところ、ぜんぜん気にしないのは知基さんらしいといえば、らしいかも。

「確かに、鼻がピピッときませんでしたね」

「お前……本当に嗅覚《きゅうかく》だけは人のレベルを超えてるよな。ピピッてなんだよ」

くすくすと楽しそうに知基さんが笑う。そして、手に持っていたトートバッグから小さな鉢植えを取り出した。

そこにあったのは、鮮やかな赤色から淡い黄色へのグラデーションが美しい、ヒマワリの花。

「あ、これは」

「当眞ちゃんが品種改良したヒマワリじゃん。綺麗《きれい》だよね～。開花したんだ！」

利田さんが身を乗り出して鉢植えを見つめる。

「今日は花の卸売《おろしうり》市場に顔を出してきたんだけど、ちょうど花が咲いてたからさ。ちょっと譲ってもらったんだ。これくらいのサイズなら、デスクにも置けるだろ？」

知基さんがニコニコして、私に鉢を渡してくる。鉢皿と鉢植えはセンスの良い模様で塗装された陶器製だった。

「これ、オシャレな鉢植えですね～。どこで見つけたんですか？」

「卸売《おろしうり》市場の近くに、いい感じの雑貨屋があってさ。北欧デザインが気に入ったんだ」

知基さんの言うとおり、それはとても素敵な鉢植えだった。白の陶器に、アースカラーである黄色で大きな花が描かれている。真ん中の花弁は赤色で、ビビッドでありながらシンプルで可愛いデザインだ。私なら百均の鉢植えにしてしまいそうなところを、北欧雑貨でオシャレにまとめるところがさすが知基さんだなと思わざるをえない。

「花はいつか枯れるけど、そうしたら、この鉢植えで別の花を植えてもいいいと思って買ったんだよ」

「わあ～、素敵なお土産《みやげ》だね。よかったね、当眞ちゃん」

利田さんが笑顔で言う。私はちょっと恥《は》ずかしさを覚えながらも、頷いた。

「はい、ありがとうございます。仕事中の、いいリフレッシュになりそうです」

私は鉢植えを受け取って、さっそくデスクの端に飾った。

自分が改良した品種をマイデスクに飾るというのは、なんだかナルシストみたいで照れくさいけど、知基さんがくれるものならなんでも嬉しい。

「その新種のヒマワリの名前、ビューティフル・ディスタンスっていうんだろ」

「あ、はい」

そういえば、そんな名前をつけたなあと思い出す。知基さんは優しく目を細めた。

「ヒマワリの花言葉は、憧《あこが》れ。または、あなただけを見つめる。……な、汐里、ヒマワリとの距離は、前よりも近付いたか？」

そう問われて、私はたちまち顔を熱くしてしまった。

どこで聞いたのかわからないけれど、知基さんは、あのヒマワリの名付けの由来を知っているみたいだ。これを研究していたころは知基さんに片思いしていて、でも、この想いが成就《じょうじゅ》するわけがないと諦《あきら》めていたから、そんな気持ちを花の名前に込めた。遠くて、手の届かない、美しい人。

――うう、我ながら恥《は》ずかしい。メルヘンすぎる。なんて頭の悪い名前をつけてしまったんだろう。

私は思わず下を向いて、もじもじしてしまった。

「ヒマワリとの距離はその……っ、と、隣くらいにきてくれたのではないかと、思いますっ」

「そっか、それはよかった」

知基さんはニコニコ笑顔になって、私の頭を優しく撫《な》でた。うう、顔から火が出そうです。

「そういえば、大学の植物研究所から預かってきたものもあるんだ。なんでも新しいニガウリの品種らしくて……」

そう言いながら知基さんがゴソゴソとカバンの中を探る。

その時、研究室の扉がキィッと開いた。

「賑やかだと思ったら、こっちの研究室に噂の王子様が来ていたのか」

入ってきたのは、Bチームの同僚と、Aチームの先輩。

「お邪魔してます。新種のニガウリの種をもらってきたので、今渡そうと思ってたんですよ」

知基さんは軽く頭を下げたあと、私にサンプル種子の入ったビニール袋を渡す。

「わざわざCチームに渡さなくてもいいのに。それとも、仕事のサボリがてら、愛しの彼女さんに会いにきたのかな」

ニヤニヤとからかうように、同僚が笑う。

彼は、前から私のことが気に入らないらしくて、何かと嫌味や皮肉を言ってくる。都内の名のある大学を卒業していて、二言目には学歴の話題を口にすることで周りに知られていた。

知基さんは余裕たっぷりな様子で、爽《さわ》やかな笑顔を見せる。

「ええ、実はそうなんです。これから営業部でミーティングがありまして、上司からこってり絞られる予定なんです。だから先に充電しておこうと思って」

そう言って、知基さんは私の手をぎゅっと握りしめた。

「ひぇっ」

私の声が裏返ってしまう。な、なんて恥《は》ずかしい。まさか人生において、こんなにも甘いセリフをかけられるとは思ってもみなかった。

でも、キザすぎる言葉も、知基さんが言うとサマになる。嫌味もなくて、逆にすごい……

「うわ～お、王子様本領発揮って感じだね～」

利田さんが両手を口に当てて驚いたように言った。

「なかなか言えることじゃないね。ふたりが付き合ってるって噂、本当だったんだ」

Aチームの先輩も感心したような顔をする。同僚は知基さんの言葉を聞いて呆気《あっけ》にとられた顔をしていたが、気を取り直してニヤリと笑った。

「それにしても、天下の王子様にしては意外なところに落ち着いたなって、皆で話してたんだよね。院卒の研究員なんて、婚活市場じゃ間違いなく売れ残るしさ。正直、自分より学歴のいい女って肩身狭くならない？　御影さん、たいした大学出てないでしょ」

……ほら、やっぱり二言目には学歴の話題だった。

私は言われ慣れてるからいいけど、知基さん、気分悪くしていないかな。

出身校なんて単なる経歴に過ぎないのに、どうしてこの人は、こんなにもこだわるのだろう。

私が内心はらはらしていると、知基さんは同僚に笑顔を見せた。

「ええ、恥《は》ずかしながら、俺は大した大学出てないです。しかも副業が忙しくて単位もギリギリで、お世辞にも優良学生とはいえなかったですね。それに比べて汐里はすごいと思いますよ。話していて、頭いいな～って感心しますし、たくさん勉強してきたんだなってわかります」

そう言って、知基さんは私の頭をよしよしと撫《な》でた。ほわんと心が温かくなる。

「だからかな、話していてもすごく小気味いいっていうか。俺、汐里と話をするのが好きなんですよ。知らないことを教えてもらったり、知識を聞いたり。汐里の話は興味が尽きなくて、俺の知らない世界をどんどん広げてくれるんです」

知らず、私は目を見開いていた。

――そんなふうに、思ってくれていたんだ。

私と話すことが楽しいなんて、言われたことなかった。私の話はつまらないと思っていた。

「それに俺、仕事してる時の汐里を見るの好きなんですよね。知的で、白衣が似合っていて。俺では考えもつかない難しいことを、この可愛い頭の中でこねくり回して試行錯誤しているのか～って、そう考えるだけで、あ～好きだ～って気持ちがめちゃくちゃ強くなるんですよ」

「なっ、なにを言っているんですかっ」

思わぬセリフに私はツッコミを入れてしまう。だ、だって、仕事してる時の私って、絶対変だもん。培養に失敗した時は頭を抱えて呻《うめ》いてるし、うまくいった時は『ふへ

へっ』て変な笑いが出ちゃうし。ていうか知基さん、いつの間に、そんな私を見ていたの⁉

「あ、汐里が照れてる。可愛いな～。仕事以外だと、こうやってふにゃふにゃした顔を見せてくれるところがたまらないですよね。あと、俺の作る飯をめちゃくちゃおいしそうに食べてくれるんですよ。なんか彼氏冥利《みょうり》に尽きるっていうか、それから汐里ってデートの時の服が……」

「わーっ、ノロケはもういいです！　おなかいっぱいです！」

先輩が慌てて知基さんを止めた。ありがとうございます、先輩。あと一秒遅かったら、私が悲鳴を上げて彼を止めていました。

「なんだもう、びっくりするくらい仲がいいんだな。結婚しない王子様がとうとう観念した～、って社内で噂になってたけど、あれも本当だったたってことか」

先輩は疲れたように額《ひたい》を手で押さえる。同僚は知基さんの怒濤《どとう》のノロケに圧倒されたのか、唖然とした表情を浮かべるのみだ。

知基さんはニッコリ笑った。眩《まぶ》しいくらいの、キラキラ百パーセントの王子様笑顔だ。

「はい、観念しました。汐里が俺に本当の愛を教えてくれましたからね」

最後に特大のノロケを投下して、私は石になったように固まり、利田さんと先輩は「ひぇーっ」と悲鳴を上げて、同僚は黙って退散した。

……知基さん、おそるべし。

彼には嫌味も皮肉も効かないようだ。きっと、自分の気持ちに自信を持っているから、何を言われようと気にならないのだろう。

すごいなあ。知基さんは最強だよ。向かうところ敵なしだ。

――それ以来、同僚は私に対しても嫌味を一切言わなくなった。何か言ってしまって、知基さんがノロケ攻撃をしてくることを危惧《きぐ》しているのかもしれない。

知基さんの知らないところで、私の社内環境がやけに快適になったのは、ここだけの話である。

知基さんとお付き合いをして、半年が過ぎた。まあ、厳密に言うと三ヶ月付き合って、一ヶ月別れて、またお付き合いを再開して二ヶ月、である。

私にとっては、あっという間の半年だった。今までの人生の中で、もっとも濃密な期間だったかもしれない。しかも、その日々はまだ続いている。

休日である今日は、知基さんが私の家に遊びに来る日だった。ゆえに私は必死に掃除をしていた。

しかし片付けをすれども一向に片付かないのはなぜ……？

知基さんのお部屋はとっても綺麗《きれい》なのに、この差はなに？

同じマンションと思えないくらいです。どうして知基さんのお部屋はオシャレ感満載で、しかもほんのりといい匂いまでしているのか～！　普通はそういうの、女の子の部屋じゃない？

草の匂いは、部屋の中に観葉植物があるからいいとして、この、ほのかなエビの匂いはなんだろう。二日前にエビを焼いて食べたけど、生ゴミはちゃんと捨てたのに。

「う～、むむ……？」

匂いの発生源を探すべく、私はクンクンと鼻をならしながら部屋の中をうろつく。

すると、ピンポーンとチャイムが鳴った。

しまった！　もう知基さんが来てしまったのかっ！

私が慌てて玄関ドアを開けると、目の前には呆《あき》れた顔をする知基さんが立っていた。

「お前な。オートロックのマンションとはいえ、一応インターフォンで対応しろよ。危ないだろ」

「あ、すみません。ちょっと慌てていまして」

知基さん、こういうところがすごく過保護というか、心配性だなあ。

「まあ、あの、散らかってますけど、どうぞ入って下さい」

「うん。お邪魔します」

知基さんが嬉しそうな顔をして部屋の中に入っていく。うっ、今日も笑顔が眩《まぶ》しい！

美形の笑顔は破壊力抜群！

しかしそんな知基さんのキラキラお顔は、リビングに入った瞬間、般若《はんにゃ》のそれに変わった。

「お前、掃除……しろよ」

「いきなり正論!!」

やめて、そんなドン引きみたいな顔をしないで下さい。これでも頑張って掃除したんです！

なにしろ、リビングは観葉植物やプランターに占領されているも同然で、ちなみにベランダもプランターだらけで足の踏み場がない。

ここはミニ植物園なのか、というくらい、私の部屋は植物だらけなのである。これをどうにかしようと朝から試行錯誤していたのだが、何をどうやっても、足の踏み場が広がらない。

「まず、日が出てる時くらいカーテン開けろよな」

「あ！　ダメです。このスペースは、日光の少ない暗がりでも野菜が育つか研究中なんですよ！」

「ほのかにエビの匂いがするのはなんだ？」

「それは目下《もっか》発生源を模索中です。二日前にエビを食べたのは覚えてます」

私がシャキッと背筋を伸ばして報告すると、知基さんは疲れた顔をした。

「エビを食べたって、どうやって？」

「塩かけて……焼く……」

「その食べ方は確かにうまいけど、汐里がやると原始人みたいだな」

酷い！　でも反論できない。塩かけて焼くは、最も原始的な料理だと私も思う。

でも、エナジーバーとインスタント味噌汁の生活をやめようと思って努力した結果なのだ。しかしこんなにエビの匂いが取れないなら、やっぱり自炊なんてしないほうがいいかもしれない……

知基さんはしばらく私の部屋を眺めたあと、ふいにキッチンのほうへ行き、ＩＨコンロにあるグリル器を引いた。

「発生源、これだ」

「ああっ！　グリル器洗うの忘れてました～！」

「おそらく、グリル器の熱が冷めてから洗おうと思って、そのまま忘れてたクチだな」

「まったくもって、その通りでございます……っ！」

そうそう、思い出した。グリル器が熱くて火傷《やけど》しそうだったから、しばらく放置していたんだ。そして次の日には忘れてしまっていた……

「まったく。慣れないことをするからだよ。メシ食いたかったらうちに来ればいいだろ」

「そ、そんな。毎回毎回、知基さんのお世話になるわけにはいきませんよ」

私はガシガシとアクリルたわしでグリル器を洗いながら俯《うつむ》く。

正直な話をすれば、知基さんのご飯は涙が出そうなくらいおいしい。毎日でも食べたい。お弁当にして会社に持っていきたいくらい。

見た目が王子様みたいだから、家事なんてできなそうなのに、知基さんは家事の申し子じゃないかというくらい、炊事洗濯掃除が上手だ。

小さいころから、ほとんど親と関わることなく暮らしていたそうだから、そういったスキルは自然と身についたのだろう。それにしても、女の私が恐縮してしまうくらい知基さんはなんでもできる男性だ。いつお部屋にお邪魔しても常に綺麗《きれい》だし、冷蔵庫の中まで細かく整理されている。

もともと、几帳面《きちょうめん》な性格なんだろう。研究以外は全部おおざっぱな私とは雲泥《うんでい》の差である。

でも、だからこそ、申し訳ない……

二日前にエビを焼いてみたのも、彼にお世話になりっぱなしではいけないと思ったからだ。自分も努力して、料理くらいはできるようにならなければと奮起《ふんき》した。

……まあ、やる気を出したところで、作ったのは、エビに塩かけて焼く……だったのですが……

本当に、こんな調子でやっていけるのかな。

私から見たら、知基さんは完璧超人である。それに比べて私は、私生活にかけては本当にポンコツなので、このままじゃよくないと焦ってしまう。

仲直りしてから二ヶ月。お付き合いが順調であるほど、なんだか怖い。

――もしかしたら私、知基さんに呆《あき》れられるのを恐れているのかも。

知基さんの結婚しない理由は、家庭事情によるものだった。でも、そうじゃなくて……私のあまりの家事能力のなさに嫌気がさして『結婚したくない』と言われてしまったら。

私、今度こそ、どうすることもできない。知基さんを振り向かせる方法がわからない。

だから焦る。不得手を克服しようと頑張ってしまう。そしてエビを焼いてしまう……

すると、頭にぽんと温かい手が乗った。

横を見ると、知基さんが穏やかな目で私を見つめていた。

「お前、頭いいのに、変なところでバカだなあ」

「優しい声で、鬼のようなことを仰《おっしゃ》る！」

「いいんだよ、汐里はそれで。得意じゃないことを無理にしなくてもいいんだ」

そう言って、知基さんは私をぎゅっと抱きしめてくれた。

いい匂いがする。心地良い温もりに、心がほろほろと崩れてしまいそう。

「俺……今まで、付き合った女性に料理を振る舞ったことはないんだ。汐里が初めてなんだよ」

「そう、なのですか？　こんなに上手なのに？」

「うん。俺の場合、向こうがごちそうしてくれることが多かったんだ。いわゆる『家事できるアピール』ってやつだな」

私を抱きしめながら、知基さんが苦笑いをする。

なるほど……アピールは大切かもしれない。私と結婚したらお得ですよ情報は重要だ。でも、私と結婚してお得なところ、あるかな？　ない気がしてきた……。

知基さんは、まるで私の不安な心を読み取ったみたいに、力強く抱きしめてくれる。

「そのころの俺は可愛げのないやつだったからさ。俺のほうが料理うまいのに、必死にアピールしてるな〜と思ってた。でも今は、そうじゃないんだとわかる」

まるで過去を懺悔《ざんげ》するように、彼は静かな声色で話し続けた。

「もっと、純粋な気持ちで料理を振る舞ってくれていたんだな。ただ好きな人に食べてもらいたい。それだけの気持ちで、料理してくれていたんだと思う」

「知基さん……」

その気持ちもわかる気がした。アピールの意思も少なからずあったかもしれないけれど、大部分は、好きな人に何かしてあげたかったのだろう。

私だって、知基さんが喜ぶことをしたい。何をしたら喜ぶかはまだ測りかねているけれど。

「俺はさ、汐里。君が俺の料理をおいしそうに食べてくれるのを見て、嬉しくなって……やっとわかったんだ。好きな人に料理を食べてもらうって、幸せなことなんだなって」

「そう、かもしれませんね」

「だから俺は、汐里にもっと俺の料理を食べてもらいたい。なんなら毎日の弁当も作ってやりたい。俺は汐里が喜ぶことならなんでもしてやりたい。……この気持ちに、対価はいらないんだ」

ただ傍にいてくれるだけでいい。君が笑ってくれるだけでいい。

私の肩に手を置いて見つめる知基さんの瞳は、そんな気持ちで溢《あふ》れていた。

「知基さん……嬉しいです」

ああ、私はなんて幸せ者なんだろう。怖くなってしまうくらい、今という時間が幸福だ。

「個人的には、お弁当がとても楽しみです。毎日の仕事に、より一層の気合いが入りそうです」

「はは、それは会社的にも嬉しいことかもしれないな。ただでさえ、汐里の研究は大きく貢献しているんだし。……さて、料理の話はこれくらいにして」

ぐっと、知基さんが私の肩を掴《つか》む。あれ？　なんだか、やけに力が強いような……

「ともかく、掃除をしようか？　いや、この部屋には整理が必要だ」

「は、はい」

知基さん、顔が怖い。笑顔だけどめちゃくちゃ怒っていませんか？

「拭き掃除や掃き掃除はしっかりしているのに、植物を無秩序《むちつじょ》に置いているせいで、やたら散らかって見えるんだ。まずは徹底的にリビングの中を整理して、人間が住むにふさわしいリビングを作る。いいな！」

「はいっ！」

私はピンと背筋を伸ばして頷いた。

やっぱり知基さんは几帳面《きちょうめん》な性格をしているらしい。リビングに適当に置いている観葉植物やプランターの位置が気に入らなくて仕方ないみたいだ。

私達は百均ショップやホームセンターで様々なものを購入し、リビングに暗所コーナーや、立体的なプランターコーナーを作り上げて、見事に人が快適に住めるリビングを完成させた。

……ほとんどの作業は知基さんがやったんだけど。カラーボックスとかベンチとか、図面も見ないで十分も経たないうちにパパパッと組み立ててしまう手腕には、感動しました。

ホームセンターで十分働いていけそうだなあ、知基さん。というか彼はどんな職場でもソツなくやっていけそうな気がする。研究職以外何もできなそうな私よりもずっとすごい。

「さて、ようやく部屋が落ち着いたので本題に入れる」

私の部屋を徹底的に整理して、私の部屋とは思えないくらいのオシャレ空間に作り上げた知基さんが、満足そうな顔をして温かいコーヒーをちゃぶ台に置く。

いつの間にかうちのキッチンまで把握《はあく》している……。数年前に購入してほとんど使っていなかったドリップ器でコーヒーを淹《い》れてくれたのだ。ちなみにコーヒー豆は自分の部屋から持ってきたみたい。

「本題ってなんですか？」

ずず、とコーヒーを飲みながら尋ねた。知基さんのコーヒーはとてもおいしい。自分で淹《い》れてもおいしくないのに、どうしてだろう。

「今度の休みに、旅行しないか？」

「旅行……ですか」

お付き合いに旅行は必須なのかもしれない。想像してみると、楽しそうな感じがした。

「行くとしたらどういうところでしょう。やっぱり温泉とか、景勝地《けいしょうち》で有名なところですか？」

「うーん、そういう普通のところでもいいけど、汐里ならちょっと変わった場所でも楽しんでくれそうだから、こことかどうかな」

知基さんが黒いトートバッグから旅行雑誌を取り出す。そして付箋《ふせん》の貼ってあるページを開いた。

「えっと、バラエティ温泉……？　普通の温泉とどう違うんでしょう」

「温泉施設の中がテーマ別に区切られているんだよ。温水プールの温泉バージョンみたいな感じかな。水着を着て遊ぶんだ。学生時代、友達と行ったことがあったんだけど、結構楽しかったんだよ」

「へえ……」

「宿泊もできるし、食事するところも変わっていてさ。縁日みたいな雰囲気も楽しめるんだ。こう……壁側に屋台が並んでいて、奥には広い座敷があって……」

知基さんが楽しそうに説明してくれる。なんだか私もワクワクしてきた。

思えば、私は旅行と縁があまりない。どこかに行くこと自体は好きなはずなんだけど、学生時代は塾の講習で休みなんてなかったし、大学、大学院のころは、ずっと研究室に引きこもっていた。

つまり、修学旅行と家族旅行くらいしか旅行の思い出がない。

友達と旅行かあ、一回くらい行っておけばよかったなあ。あのころは友達も勉強で忙しかったから……

あ、でも、水着ってことは……

「知基さん、その温泉に行くのは賛成ですが、ひとつ確認したいです」

「おう、なんだ？」

「私、高校時代のスクール水着しか持ってないのですが、それでいいですよね。あ、ゼッケンは外しますよ」

さすがに、当眞ってデカデカと書いてあるゼッケンは外すべきだろう。

私がそう思っていると、知基さんの動きがピタリと止まった。

おや？　どうしたんだろう。

「おっ、お、おお、お前な〜っ！」

いきなり知基さんは怒りだした。どうしてそんなに怒り心頭《いかしんとう》なのかさっぱりわからない。

「なんでスクール水着しか持ってないんだよ！」

「すみません。海やプールに行く予定がまったくありませんでしたので」

「この超インドア！　研究オタク！　スクール水着がＯＫかどうかって、ＮＧに決まってるだろうが！」

　膝立ちになって私をビシビシ指さす。そ、そんな迫力になるほどNGだったのですか。

「で、でも、ゼッケン外しますよ」

「ゼッケンを外す外さないの問題じゃねえ！　彼女がスクール水着着用とか、まるで俺が変態じゃないか！」

　私は驚きに目を丸くした。

「知基さんは変態なのです……イタッ」

　ぴんとデコピンされてしまう。ちょっぴり痛い。

「変態じゃねえ。俺はそんな趣味はない」

「そ、そうなのですか……」

「なんでほんの少し残念そうなんだよ」

　はあ、と知基さんが疲れたようなため息をついた。

「だ、だって、その、えっちの時はちょっと変態っぽくなるような……気がしていまして」

　以前、ラブホテルでいちゃいちゃした時を思い出して、ごにょごにょと言う。

「知基さん、男は皆変態だ〜って言ってましたし……」

「それとこれとは別の問題なんだ。汐里とエロエロなことをするのは大好きだけど、スクール水着を着せる趣味はないってこと。わかったか？」

「は、はい」

勢いに押されるように返事をすると、知基さんは満足したように頷いた。

なるほど……ともかく二十八歳の女が高校時代のスクール水着を着用するのは大変危険なのだろう。それにしても、私とエロエロ変態なことをするのは好きなのですか。そうですか……。ん、それは喜ぶところ？　もしくは怒るところ？

ともあれ、旅行の準備を兼ねて、後日知基さんと水着を買いに行く約束をしたのだった。

それにしても……『そんな趣味』って、どんな趣味なんだろう？

残暑の厳しさもようやくなりを潜《ひそ》めた十月の休日は、ちょうど心地良い気候の行楽日和だった。

「と、知基さん、車をお持ちなのですね！」

マンションの入り口で待ち合わせしたあと、知基さんが私を連れて行ったのは地下のガレージ。

そこにはピカピカと艶《つや》の入ったお高そうなワゴン車がでんと鎮座《ちんざ》していた。

「まあ、遠出する時はなにかと便利だから。近場を移動するなら電車のほうが便利なんだけどな。都内はとにかく駐車場が少ないし」

そう言いながら、知基さんは助手席のドアをガチャリと開ける。

「ほら乗って。荷物はトランクに入れるから」

「は、はい」

私は旅行バッグを知基さんに渡して、おそるおそる助手席に乗った。

うわあ……なんだか新車の香りがしますよ？　普段はあまり乗ってないのかな。

「どうして独り身なのにワゴン車なんですか？」

なんとなく、ワゴンはファミリー向けの車というイメージが強かったので尋ねてみる。

荷物をトランクに載せてから運転席に座った知基さんは、エンジンをかけながら答えてくれた。

「車中泊するのに便利だからな。後部座席を寝かせてフラットにしたら、俺一人なら悠々と寝られるし」

「知基さんのような方でも車中泊するんですね」

「俺をなんだと思っているんだよ……。スノボで遠出する日は、高速道路のサービスエリアで一泊したりしてるぞ」

へ～、スノーボードかあ。私は、寒い冬にわざわざ雪山に行く人の気持ちがさっぱりわからないです。でも、アクティブに休日を満喫している知基さんは、なんだかイメージ通りだ。

「スノーボードしている知基さんは見てみたいですね。きっと、すごく恰好良いんでしょうね」

「うむ。我ながら大変絵になるくらい恰好良いので、冬になったら一緒に行こう。見せてやるから」

「……温かい室内から知基さんを鑑賞できる場所はありますか？」

尋ねると、知基さんは運転しながらガクッと肩を落とした。

「そんな場所あるわけないだろ。汐里も滑るんだよ」

「絶対嫌です。お断りします」

「インドア汐里は絶対嫌がるだろうと思った。しかしこれは決定事項だ。きっちりみっちり鍛えてやるから楽しみにしておくように」

「ええ～」

とんだやぶ蛇《へび》でした。知基さんのスノーボード姿を見たいなんて言うんじゃなかった……

若干憂鬱《ゆううつ》になった私を連れて、車はどんどん郊外へと進んでいく。

そして都内を抜けて、時々休憩をはさみつつ、温泉地に到着した。

「わ……」

片道二時間ほどかけた場所にある宿泊施設は、想像以上に大きかった。

「まるで、お殿様が住んでいるお屋敷みたいですね～」

私が想像していたホテルや旅館とは少し違う。もっとテーマパークっぽい外観だ。瓦《かわら》屋根《やね》のある外壁がぐるっと敷地を囲んでいて、玄関口も和風。大きなのれんに『ゆうらん温泉城』と書いてある。

「まあ、温泉テーマパークは、大人がしっぽり温泉旅行するような落ち着いた雰囲気とは無縁だな。もしかして、そっちのほうが良かったか？」

「いえいえ。私は場所には拘《こだわ》らないです。知基さんと旅行できるのなら、どこだっていいです。雪山以外なら」

「お前……まだ根に持ってるのか……」

トランクから荷物を取り出しながら、知基さんが疲れたような声を出した。

当たり前ですよ。絶対スノーボードなんてやりたくないです。

あ、でも、雪を見ながら温泉というのはオツなものかもしれない。温泉でぽかぽか温まりながら恰好よく滑る知基さんを眺めたいなあ。

「ほら、ボーッとしてないで、行くぞ」

車の鍵をかけた知基さんが声をかける。私は慌てて彼のうしろを追いかけた。

温泉テーマパークは、想像以上に楽しそうな場所で、びっくりする。

「すごいですね〜!」

私は思わずあちこちキョロキョロしてしまった。こんな場所は初めてだ。家族旅行で温泉旅館に行ったことはあるけど、あれとはまったく様子が違う。端的に言うと賑やかだ。

お互い水着に着替えたあと、知基さんは私を案内板まで連れて行ってくれた。

「この温泉テーマパークは、十のテーマに分かれているんだ。サウナ、足湯カフェ、波のある温泉、寝られる温泉……とりあえず、端から順番に回ってみよう」

「はい!」

私が手を上げて返事をすると、知基さんは私の身体をじーっと見た。

どうしたんだろう?

それにしても、知基さんは身体つきが逞《たくま》しいなあ。彼の裸は、一応見たことがあるけれど……その、アレの最中なので、こんなふうにじっくり見る余裕がないといいますか。思い出したらなんだか恥《は》ずかしくなってきた。知基さんの綺麗《きれい》な身体を見て気持ちを落ち着かせよう。

私が知基さんの乳首をじーっと見ていると、彼はジト目になった。

「おい、どこを見てるんだ」

「あっ、知基さんの乳首です。そこだけ色が濃いんだなあと思って」

「お前な～」

知基さんは頭痛を覚えたように額《ひたい》を押さえた。そして、自分が羽織っていたラッシュガードを脱ぐと、私の肩にかける。

「それ、着ろ。ジッパーで前をしめて」

「え？　それだとせっかくの新品の水着が見えなくなってしまうのですが」

「隠せって言ってるんだ！」

知基さんがなんだか理不尽なことを言っている。この水着は、知基さんが選んでくれたのに……

ビキニタイプの水着で、白を基調に、シースルーのひらひらした黄色いフリルが使われているのだ。私なら絶対選ばないような可愛いデザインだけど、試着してみたら意外といい感じで、お気に入りになった。

知基さんはモデルをされているから、ファッションセンスも抜群にいいんだろう。

なのに、それを隠せとはどういうことなのか……

私は不満に思って唇を尖《とが》らせつつも、だぼだぼのラッシュガードを着てジッパーを閉じた。

「皆さん水着姿ですのに、どうして私だけ隠さなくてはいけないのですか？」

「お前……身体が……いいんだよ」

横を向いて、知基さんがボソボソ喋る。身体がいいとはどういう意味？　逞《たくま》しいという意味？

「自分で言うのもなんですが、普段はあまり外に出ないので、なかなかのもやしっ子だと思いますよ？」

「もやしはそんなにグラマーじゃない。もういいから、行くぞ！」

知基さんはガシッと私の手を握ると、ずんずん歩いていった。

う～ん、水着を選んだ時はとても機嫌がよくてニコニコしてたのになあ。私はまだまだ知基さんを理解しきれていないみたいだ。

でも、まあいいか。これからゆっくり知っていけばいいんだし。

私達は順番に温泉を巡っていった。それは想像以上の楽しさで、私は夢中ではしゃいでしまった。

大理石の上に温かいお湯が流れていて、そこに寝っ転がるような温泉とか、足湯を楽しみながら冷たいドリンクが飲めるところとか、バラエティ豊かだ。

「夜になると、そこの滝でプロジェクションマッピングを見ることができるんだ。あとでもう一度入りにいこう」

知基さんが私にいろいろ教えてくれる。楽しい。

私は世間知らずだったんだなあとしみじみ実感する。

大学生のころ、遊んでばかりでろくに講義に出ない人達がいた。私はそれに対して特になにか思うことはなかったけれど、あのころは遊ぶことにそこまでの魅力を感じなかった。それよりも知識を深めたり研究したりが楽しかった。

でも……少しは、遊んでおくべきだったかもしれない。

こういう楽しい場所、きっと、他にもいっぱいあるんだろうなあ。

「知基さん」

夕暮れになって、そろそろ夕食を食べようかというころ。

更衣室に向かう途中、私は知基さんと繋ぐ手に力を込めた。

「ん？」

「あの……あの、私、今日は、とても楽しかったです。それで……また、これからも知基さんといろいろな場所に行きたいです。知基さんと楽しいこと、いっぱいしたい……です」

なんだろう。話していたら恥《は》ずかしくなってきた。どうしてだか理由はわからない。

でも、これが自分の思う正直な気持ちだから、どうしても伝えたかった。

知基さんは足を止めると、ポカンとした顔をして私を見る。

えっと、次はなんだろう？　何に驚いているんだろう？

「……はあ、もう、つらい」

知基さんは口を押さえて苦しそうに呻《うめ》く。そんなに辛そうな顔をしなくてもいいのでは？

今日は私にいろいろ教えてくれたけど、常識のない私に呆《あき》れたのだろうか。

「汐里が可愛すぎてしんどい。もう夕飯とかどうでもいいから、部屋に入って抱きたい、抱き潰《つぶ》したい」

「ええっ⁉」

思ってもみないことを言われて、私はたちまち顔を熱くしてしまった。

夕ご飯は、旅館一階にあるフードコートみたいなところで食べた。

壁側にいろいろな出店が並んでいて、和洋中の料理はもちろんのこと、ラーメンにそば、うどん、焼き鳥、お好み焼きやたこ焼き、クレープまで、ありとあらゆる食事が楽しめるようになっていて、私はまたしても驚きに目を丸くしてしまった。

「すごく種類豊富ですね〜！　わたあめやかき氷、アイスクリームまでありますよ」

「縁日みたいで楽しいだろ。向こうのほうに行けば居酒屋もあるし、定食が食べられるレストランもあるんだ」

ううん、温泉テーマパークおそるべし。私が研究室に閉じこもっている間にこんなにも楽しい宿泊施設ができていたとは……！

なにを食べようか迷ってしまう。今まで食事にそこまで興味を持っていなかったのに、知基さんと一緒にいるとなんでも楽しく思えるから、ご飯の時間も大好きになってしまった。

悩みに悩んで、私は魚介ラーメンとえびシュウマイのセットにした。知基さんは、ビールと三種類のおつまみという、ほろ酔いセットというものを頼んでいた。

おなかいっぱいになった後、また水着を着て夜の温泉をしばし楽しむ。

知基さんが言っていたプロジェクションマッピング、とても綺麗《きれい》だった。温泉の滝をスクリーンに、様々な映像を映し出す目玉のイベント。

テーマは『海』で、マリンブルーを背景にたくさんのイルカが跳ねるような映像。月のある夜空の下、きらきらとイルミネーションが光ってロマンティックだった。

はあ、幸せだなあ。明日になったら夢でしたというオチがあってもおかしくないくらい、今の私の状況は現実味がない。

私、本当に知基さんと結婚できるのかな？　ぜんぜん実感が湧かない。

やっぱり……不安なのかな。こんな、研究しかできないような私が、普通の女の子みたいな幸せを掴《つか》むなんて、どうしても信じられなくて。

「知基さん、ひとつ聞いてもいいですか？」

温泉を心ゆくまで満喫した後、客室に入り、私は尋ねた。

「ん？」

荷物を部屋の端に置いた知基さんが振り向く。

「あの……今更こんなことを言うのは、自分でもどうかと思うんですけど……」

着ていた浴衣《ゆかた》の袖《そで》をぎゅっと握る。ドキドキと心の鼓動が速くなった。

「私……で、本当に、いいんですか？」

なんでこんなことを聞いているんだろう。結婚したいと先に言い出したのは私のほうだったのに。

急に怖くなった。

釣り合わないいんじゃないかと考えてしまった。

だって私……自分の魅力がわからない。勉強と研究ばかりで、自分磨きなんてほとんどしていなかったから、私のどこがよかったのか謎しかない。

「あの、自分で言うのもなんですけど、料理できないし、整理整頓は下手だし、洗濯はコインランドリーで洗濯から乾燥までおまかせしちゃうし、およそ結婚に向いていると は思えなくて、ですね」

なんだか情けなくなってきた。知基さんは、苦手なことを無理にしなくてもいいと言ってくれたけど、やっぱりこのままではいけないと思う。

すると、知基さんはぷっと噴き出した。

「本当に今更だなあ」

「う、そうなんですけど」

「気になるのなら、いっそ、苦手克服を頑張るのもいいんじゃないか。ただし、俺の傍でね」

知基さんは私の傍に来ると、頭を優しく撫《な》でてくれる。

「結婚って、そういうことだろ。一人で頑張るのは難しいことを、ふたりで頑張る。喜びも苦しみも半分こするのが夫婦ってものだと、俺は思ってる」

そう言って、彼はほんの少し苦い顔をして笑った。

「まあ、俺が言うなって話なんだけどさ。俺の親はそういう互助関係がまったくなかったから」

「知基さんのご両親は有名な方ですから、私も知っています。テレビで見る限りでは、仲の良さそうな感じに見えましたけど」

若手ながら発言に力強さがあって、顔立ちも整っているから人気のある政治家のお父さん。

そしてファッションデザイナーのお母さんは、テレビのワイドショーでコメンテーターもやっているほど、メディア露出の多い方だ。そして何かの番組でふたり一緒に出演する時は、誰もが羨《うらや》むほど仲がいい。

「あれはテレビ用の顔ってやつだな。実際は会話もしないよ。だから、夫婦の絆がどれほど脆《もろ》いものか幼少のころから見せつけられてきた」

知基さんは疲れたようなため息をつく。

「……汐里と結婚したいと思ったのには、いろいろ理由がある。もちろん外見が好みだったというのも理由のひとつだ」

「私の顔なんかが、好みなんですか？　正直、あなたの周りにはもっと可愛い方がいっぱいいると思うんですけど」

「言っただろ、理由のひとつだって。可愛い子はもちろんいたよ。でも俺は汐里がいいと思った。それは外見以外にも結婚したいと思った理由がたくさんあったからだ」

知基さんは私の手を引いて、畳《たたみ》に敷いてある布団の上に座った。

そして私の頬を両手で挟んで、そっと口づけてくる。

とても自然で、流れるような仕草で、思わずうっとりしてしまうような——優しいキスだった。

「汐里はいつも飾らないから。まっすぐに、思うままに生きている、その人生の道筋が綺麗《きれい》だと思ったから。……俺は、君の隣にいたいと願った」

私は目を丸くする。

そんなふうに言われるような生き方はしていない。確かに、好きなように生きてきた自覚はあるけれど。

知基さんは私の頬に触れながら、少し困ったように笑う。

「正直、俺も、具体的に汐里のどこが好きになったのか、はっきり言葉にするのは難しいんだ。でも、君が苦しみや辛さを口にした時、俺は君を支えたいと強く願った」

優しく力強い手が、頬からゆっくりと首に向かい、浴衣《ゆかた》の前を掴《つか》む。

「そう。俺はただ、汐里に笑ってほしいんだ。毎日を楽しく生きて、俺にいろいろな話をしてほしい。俺の日常に、入ってきてほしい。君が傍にいる人生は必ず幸せなものになる。——だから」

しゅす、と浴衣《ゆかた》の前を広げて、知基さんは首筋に口づけをする。

「俺と結婚しよう、汐里」

「知基さん……」

今、知基さんの気持ちがまたひとつ、理解できた気がする。

この人はきっと、幸せになりたいんだ。幸せにしてほしいんじゃなくて、好きな人と一緒に幸せを掴《つか》みたい。そう願っている人。

愛のないご両親のもとで過ごした知基さんは、小さいころから愛に飢えていた。そして憧《あこが》れていた。でも、愛は美しいものだと思い込みすぎて、だからこそ手が届かないと諦《あきら》めてしまった。

たくさんの遠回りをして……後悔もして……それでも、知基さんは幸せになりたいという気持ちを手放すことはできなかった。

誰かと手を取り合って、まっとうな夫婦になって生きていきたい。

でも、その『誰か』は、誰でもいいわけじゃなかった。知基さんの心が、この人だと示したのが、私だった……そういうことなんだろう。

それなら、気持ちに応《こた》えたい。知基さんを幸せにしたい。一緒に手を取り合いたい。

だって私も、知基さんが大好きなんだから。

「はい。すべてを分かち合いましょう。悲しみも苦しみも、喜びも楽しみも」

知基さんの頬をそっと撫《な》でる。彼がしたみたいに、私も知基さんの唇にキスをした。

触れるだけのキスしかできない。舌で舐《な》め合うキスは、まだ恥《は》ずかしくてできない。

そっと唇を外すと、知基さんは嬉しそうな顔をした。

まるで少年のように屈託《くったく》のない、可愛い笑顔だった。

「俺、汐里が好きだ。この身体も、すごく好き」

するすると浴衣《ゆかた》の前がはだけていって、乳房が露《あら》わになる。

天井にある白い蛍光灯に、露《あら》わな肌が晒《さら》されて恥《は》ずかしくなる。

「そう……ですか？」

自分自身では、たいした身体だと思っていない。平均より胸が大きいぶん、邪魔だなあと思う程度だ。

「ずっと触れていたい。隙あらば触れたい。本当はずっとこうやっていちゃいちゃしたい。それくらい好き」

ふふ、と知基さんが笑って、私の乳房を両手で持ち上げる。

「つくづく、俺は汐里に溺れているんだなあと実感するよ」

そう言った知基さんは、ちゅ、と乳房にキスをした。びくっと肩が震える。

「あ……」

私は知基さんで、男性を知った。

人に触れられると、気持ち良く感じるということを知った。

彼はきっと、うまいんだと思う。女性の扱いに長《た》けていると言おうか、気持ちいいことばかりをしてくるので、頭の中がぐるぐるしてしまう。

初めて触れられた時、私は正直に言った。

手慣れていると——

その時に浮かべた知基さんの表情を、私はきっと忘れることはない。

酷く傷付いたような顔だった。痛いところを突かれて、言われたくなかったと訴えるような表情だった。

私は、自分の何気なかった言葉を心底後悔した。あれは言ってはいけない一言だったのだ。

感情の機微《きび》に疎《うと》い私は、そんなこともわからなかった。

恋多き王子様、御影知基さん。

たくさんの人と恋をして、付き合って、それでも……心の底では満足できなかったから、ずっと探していたんですね。相手の人となりを知るには、その人と付き合ってみるしかないから。

彼はその過去を後悔している。私は知基さんが『初めての人』だから、彼はそうじゃない自分に嫌悪感を覚えている。だからあの時、傷付いた顔をしたんだ。

でも、後悔しなくてもいいですよ。忘れる必要もないです。私は、あなたの過去になにか思うことは決してありません。

だって、あなたは今、私のことを好きになってくれているんだから。

愛は永遠じゃないかもしれない。その時がきたらあっさりと壊れてしまう脆《もろ》い絆なのかもしれない。でも、その絆を強く強固にしていくのも可能なのが愛じゃないかなと私は思う。

繋ぎとめて。抱きしめて。確かめ合って。

お互いに『好き』という気持ちを強くしていきたい。そうしたらきっと、大丈夫だよね？

愛は努力で継続できるものだと、信じている。

「知基さん、私も知基さんに触れたいです。私の、好きという気持ちもわかってもらいたいです」


ぎゅっと彼の背中に腕を回す。

温かい首筋にキスをする。彼の触れ方に対して、私のそれは酷く不器用で拙《つたな》い。それでも知基さんは嬉しそうに微笑んでくれた。

「うん。俺も汐里に触れられたい」

知基さんは私の手首を掴《つか》むと、ゆっくり胸板に当てさせた。

厚い……硬い、胸板。私とまったく違う、男性の身体。

私は知基さんで男性に触れられる喜びを知ったけれど、他の男性で試してみたいとは考えなかった。仕事ではあんなにも試行錯誤が好きなのに、男性は知基さんだけ知っていればいいと思っている。

それはきっと、愛しているから。

私は、この行為に愛がほしいのだろう。肉欲を満たすだけでは足りない。心を満たしたいと望んでいるんだ。そして、その愛は知基さんからしか欲しくない。

まったく強欲だなあと笑ってしまう。

　でも、知基さんも同じ気持ちでいてほしいな。この行為に愛を感じてほしいな。

　そうだ、私も知基さんを愛したい。この気持ちを言葉だけじゃなくてもっと行為で伝えたい。

「知基さん、どこか触ってほしい場所はありますか？」

　どうすればいいかわからないなら聞けばいい。私が尋ねると、知基さんはちょっとびっくりした顔をした。そして堪《こら》えきれないようにクックッと笑い出す。

「そういうことを臆面《おくめん》もなく聞けるところは、ほんと汐里って感じだな」

「ど、どういう意味ですか」

「いや。可愛いなあって。でもそんなこと聞いていいのかな。俺が触ってほしいって言ったら、どこでも触ってくれるのか？」

　知基さんが楽しそうに瞳を揺らす。私はむきになって答えた。

「触ってほしいところがあるなら、どこでも触りますよ。気持ちいいところ、教えて下さい！」

「ふぅん？」

　あくまで余裕たっぷりの態度を取る知基さん。なんだかおもしろくない。

　私はいつもいっぱいいっぱいなのに、不公平だ。是非とも知基さんの余裕をなくさせたい。

「じゃあ、ここを触ってくれる？」

知基さんがそっと私の手を掴《つか》み、ゆるゆると動かしていく。そして手に当たったのは。

「……あっ」

思わず顔が熱くなってしまう。浴衣《ゆかた》越しだけど、彼の性器だった。

照れた私に知基さんが首を傾げる。

「ダメ？」

その聞き方はずるい。ちょっと可愛くて、心がきゅっと掴《つか》まれる。

私は首を横に振った。

「そ、そんなことない……です」

答えてから、そっと彼のものを触る。

「ふふ、くすぐったいな」

知基さんは笑って、私の乳房をゆっくりと掴《つか》み、舌を這《は》わせた。

「は……っ」

びくりと身体が震える。

「そのまま、触っていて。俺を気持ち良くして」

「ん……、はいっ」

私だって愛したい。この気持ちをどうしても伝えたいから――

私は恥《は》ずかしさを我慢して、知基さんのものをさすさすと擦った。

浴衣《ゆかた》越しでも、彼のものは硬く、力強い。なんだか熱を持っているようにも感じる。

「はあ」

知基さんが艶《つや》めいたため息を吐く。余裕のある笑みは引っ込んで、真面目な表情になった。

私の背中に腕を回して、片手で乳房を持ち上げる。

赤い舌が、乳首をぬるりとなぞった。

「……っ、んっ」

そこを弄《いじ》られると自分ではコントロールできないくらい身体が震える。

「手、止まってるよ」

ちゅっと乳首を吸いながら、知基さんが静かな声色で言う。

「ん、は……っ、はい」

さすさす。他に触り方を知らない……。本当に知基さんは気持ち良くなっているのかな。

舌先がちろちろと動き、乳首の周りを舐《な》める。

ぞわぞわと身体中の毛が立つような感覚は、甘さを孕《はら》んでいた。

ちゅ、ちゅっ。知基さんははしたなくリップ音を鳴らして、私の乳首を吸ったり甘噛みしたりする。

「ひ、ぁ……っ」

たまらなくて、私は目をぎゅっと瞑《つむ》った。

知基さんは口を大きく開けて、乳房を食《は》む。口の中で舌が蠢《うごめ》き、乳首がこねくり回される。

「は、はぁっ、はあっ」

息が上がる。マラソンをしたみたいに酸素が足りない。

私ははくはくと口を開けて息をした。止まらない胸の愛撫に、心がどきどきと鼓動を立てる。お腹の底からぞくぞくした快感がせり上がってくる。

「あ、……汐里」

熱っぽいかすれ声で、知基さんが囁《ささや》く。

「もっと、触って」

彼の性器を触る私の手を握りしめた。そして自分の浴衣《ゆかた》の裾《すそ》を広げて、下着の中に入れていく。

「あ――」

じかに触れる彼の性器は、驚くほどに熱かった。

硬いのに、どこか柔《やわ》らかさも感じる。もしかしたら、これを生々しいと表現するのかもしれない。

杭《くい》の部分をきゅっと握ってみた。

力加減がわからない。痛くならないように気を付ける。

すべすべして、つるつるして、血管がふくれあがっていて――

「っ、く……。汐里の手、優しいな」

目を開ければ、知基さんはちょっと辛そうな顔をしていた。

「い、痛いですか？」

「いや、痛くない。でもこう、握り方が優しすぎて、焦らされている気分になる」

ふふ、と知基さんが笑う。

「焦らされている……？」

「ゆっくり教えてあげるよ。もう少し強く握ってみて」

言われるまま、少し握る手に力を込める。

「次は、こうやって……動かす」

私の手に自分の手を添えて、上下させた。

「こうされると、とても気持ちがいいんだよ」

「なるほど……わかりました！」

私は気合いを入れて彼のものを握り、上下に擦った。これが気持ちいいなら、全力で頑張りたい。

知らないことを知るって、楽しい。

それで好きな人が喜んでくれるなら、なお嬉しい。

一生懸命手を動かす私を、知基さんは微笑ましいものを見るような目で見つめた。

そして、彼の手がするりと私の肌の上を滑る。

「は……っ、そこは」

身体がびくっと震えた。知基さんが触れたのは、私の……一番秘めた場所。

いつの間にか浴衣《ゆかた》の裾《すそ》はめくられて、白く飾り気のない下着が見えていた。知基さんは下着越しにつんつんと秘所をつつき、ニヤリと笑う。

「俺のを触っているんだから、俺も触りたい。脚を上げて？」

そうお願いされてしまうと、脚を上げざるを得ない。私はゆるゆると膝を立てて、脚を開いた。

「今の汐里の恰好、すごくいやらしい。……好きだよ」

ちゅ、と私の唇にキスをして、知基さんは下着の上からふにふにと秘所を摘まんだ。

「んっ……ん！」

頭を突き刺すような快感に、ビクビクと身体が震える。腰が引けて、逃げそうになる。

そんな私の身体を、知基さんの片腕がしっかり固定した。

逃げ場のない私の身体に、なおも快感の攻めは続く。

「感じてる汐里、可愛い」

口元で囁《ささや》いて、もう一度キスを。次は舌を挿し込んで、歯列という歯列をくまなく舐《な》め回した。

「んんっ、ん〜っ！」

息ができない。舌の絡み合いが気持ちいい。知基さんの熱い舌が、私の口腔《こうこう》を舐《な》め尽くす。

秘所をいじる彼の指は、一層大胆に動いた。

秘所の真ん中を人差し指でなぞったり、両側から摘まんでふにふにと揉《も》んだり。

同時に深いキスもされて、まるで身体中愛撫されているみたい。

「濡れてきた。ほら、ここ」

知基さんが指先で擦る。ショーツの真ん中がじわりと濡れていた。

「汐里の感じ方が好きだ。淑《しと》やかで、おとなしくて……だけど確実に乱れてる感じがたまらない」

そう言って、知基さんはクロッチをずらして、隙間に指を差し込む。

「……ふっ」

私の身体が戦慄《わなな》いた。

知基さんの人差し指と中指が秘裂を開く。くちり、と粘ついた音がした。

「お互いに大事なところ弄《いじ》ってるって、すごくいいな」

くすりと笑って、濡れそぼった蜜口に人差し指を挿し込む。

「とろとろ。ここ、気持ちいい？」

指先で、膣内をくるくるとかき回す。

たまらなくなって、私は身をすくませた。

「あっ、あ……っ、い、いい……っ、です」

「素直」

知基さんが耳元で囁《ささや》く。お腹の底までずんと衝撃が走るような甘くとろける声色に、私の頭の中はどんどんおかしくなっていく。

「気持ちいい時は、今みたいにちゃんと言って。そうしたら、俺も嬉しいから」

「そう……なんですか？」

「だって俺は、汐里を気持ち良くしたくて頑張ってるんだよ。褒められて嬉しいのは、なにも勉強だけの話じゃない」

言われてみれば、そうだ。努力を労《ねぎら》うのは、当然のこと。

「俺も……気持ちいいよ。ほら、汐里の手が、ぐじゅぐじゅになってるだろ？」

私は思わず下を見た。夢中になって扱《しご》いていたのだけど、いつのまにか私の手は、とろみのある透明な液にまみれている。

「これはね、気持ち良くなると出てくるんだ。汐里のこれと同じだよ」

くちゅ、くちゅ。知基さんは大きく指を動かして、わざとらしく水音を立てる。

「んっ……っ、はっ、そ……なのですね……」

弄《いじ》られているほう――私は、息も絶え絶えだ。

指で膣内をかき回されると、身体中をまさぐられているような感覚に陥《おちい》る。

「こうやって弄《いじ》り合ってると、セックスの準備してるみたいで興奮するね」

「んんっ……？　ひゃっ！」

知基さんは突然、私の乳首に吸い付いた。驚いて声を上げてしまう。

「お互い気持ち良くなるために、一番大事なところをとろとろにし合ってる。こういうの、いいね」

「あ、はぁ、む、胸の近くで、喋らないで……っ」

知基さんが喋るたびに、熱い息が乳首に当たる。それがくすぐったくてたまらない。

「ああ、ごめん。もっと吸ってもらいたかった？」

ちゅう、と音を立てて乳首を食《は》む。

「ち、ちがっ、やぁん！」

「じゃあ、でろでろに舐《な》めてもらいたかったんだな。欲しがりだなあ」

ちがう、ちがう。私は首をぶんぶん横に振る。

だけど知基さんが舌先で乳首を弄《いじ》るたび、耐えられないほどの快感が身体中を覆《おお》い尽くして、私の身体はへなへなと力を失ってしまう。

同時に、蜜口からとろっと液が零れた。知基さんは指で掬《すく》い上げて、丁寧に秘裂に塗り込む。

「素直な身体。本当に汐里は可愛いよ」

ふふ、と笑って、知基さんは私の身体に体重をかけた。

どさりと布団の上に押し倒される。

照明を背にして影の差した知基さんの顔は、ひどく攻撃的な表情で……そして、優しい目をしていた。

懐《ふところ》に忍ばせていた避妊具を手に取り、パッケージをぴりりとちぎる。

「……好きだよ」

ちゅ、とキスをして、私を抱きしめた。

「はい。私も好きです」

彼の気持ちに応《こた》えるように、その広い背中に腕を回す。

「なんだか不思議な高揚感だ。年甲斐もなくドキドキしてる。……君が、俺の奥さんになるんだって感慨深く思っているからかな」

片手でぱちりと避妊具を着けて、知基さんはちょっと照れたように笑った。

「……そう、ですね。結婚って、これからもずっと、同じ人とこういうことするってことですもんね」

結婚はひとつの契約だ。飽きたら別れるということが、簡単にはできない。

数々の浮名を流しただけに、知基さんは結婚に特別な思いを抱いているのかもしれない。

「一生、君は俺に抱かれる。俺は君に愛される。……その人生を想像するだけで、なんだかおかしくなりそうなほど嬉しい」

知基さんは優しく目を細めて、私の下着を脱がし、秘所に杭《くい》をあてがった。

「愛した人が、死ぬまで俺のものになる。……ああ、これが幸福ってやつなのかもな」

膜に覆《おお》われた肉杭《にくくい》がずぷりと膣内にねじ込まれて――

「あ、ああ、あぁぁっ！」

私の身体が大きく戦慄《わなな》いた。

「汐里……っ」

腰が引ける私の身体を、知基さんは力強く抱きしめた。

「逃げるな。汐里はもう、俺のものなんだから」

「んんっ、ぁあっ！」

ずくずくと隘路《あいろ》を突き進む彼の楔《くさび》は、雄々しくたくましく、私の身体を圧迫していく。

膣内をえぐるような動きに、私は顎《あご》をくっと上げた。

「は、あ、ああっ」

慣れない。これだけは慣れない。

骨盤が割れてしまいそうなほど、彼のものは大きい。

――でも、同時に例えようもない幸福感が私の身を満たしていく。どきどきと心臓は早鐘を打ち、身体中がざわつく。

やがて彼のものが最奥に到達して、ずくんと子宮のあたりに鈍痛を感じた。

「は、はぁ……っ、ん」

「汐里、愛している……」

呼吸するのが精一杯の私に、知基さんが口づける。

「わ、私も、あい……し、……んっ、ぁあああっ！」

なんとかして答えようとした私の声は、高い嬌声《きょうせい》に変わった。

知基さんが、勢いよく腰を引いたのだ。生々しい楔《くさび》が隘路《あいろ》を削り、私はその快感に必死に耐える。

「く、っ……汐里……っ」

離すものかと言わんばかりに私の身体をかき抱いて、知基さんは引いた楔《くさび》でふたたび突いた。

次は優しさも遠慮もないような、乱暴なもの。

でもそれは、甘い甘い快感に埋め尽くされる。

ぐじゅっ、ぬちゅっ。絶え間ない抽挿《ちゅうそう》に、蜜が躍る。

私も知基さんも、荒い呼吸を繰り返しながら、ただその単純な動きに身を任せた。

「はっ、は、はぁっ、はっ」

はしたなく舌を出したまま喘《あえ》いでいたら、知基さんが唇を重ねてくる。

奪うような激しいキス。舌先で口腔《こうこう》をかき回されて、私は彼の身体を強く抱きしめる。

激しい動きは時折ゆっくりになって、味わうように抽挿《ちゅうそう》して……

知基さんがぐるりと腰をグラインドさせると、膣内で楔《くさび》がねじれ、私は一層の快感に追い込まれた。

「んっ、ともき、さん」

好き。好き。気持ちが繋がって嬉しい。こんな私を好きになってくれたのが、奇跡にも思える。

結婚の約束にこんなにも幸せを感じて。

好きな人に『一生自分のものになってほしい』と言われる喜びを、あなたで知った。

「きもち、い……すき。わたし、知基さんの……もの……にっ」

ああ、この気持ちを。

言い慣れていない愛の言葉を。

どうやったら全部伝えきることができるんだろう。私の気持ちは、ちゃんと理解されているだろうか。

勉強と研究しかしてこなくて、答えはすべて実験とデータの数字ではじき出されることに慣れきっていた私は、他人の気持ちが少しだけ怖い。

信じるということは、数字で表せるものではないから。

人は、嘘をつくこともあるから。

――でも、それは知基さんも同じで、だからこそ彼は怖がっていたんだ。

信じるって……難しい。でも、信じなきゃ、愛は継続できない。

「知基さんが好きだからっ！　もっと、ください。私のここ、いっぱい……突いて……っ」

「汐里……」

知基さんが驚いたように目を丸くする。でもそれは一瞬で、彼はぐっと奥歯を噛みしめると一層強く私の中を貫いた。

「ああっ、あ、あぁあっ！」

力強く、容赦《ようしゃ》のない抽挿《ちゅうそう》。絡まり合う性器からぐじゅぐじゅと蜜が泡立つ。

「汐里、しおり！」

身体が潰《つぶ》れてしまいそうなほど強く抱きしめて、知基さんは腰を動かした。

しらじらと蛍光灯が照らす和室に、ケモノのような吐息といやらしい水音が響く。

「愛してる……！」

どちらからともなく、お互いが口にした愛の言葉。

それ以外はない。たったひとつの、相手に対する気持ち。

知基さんの楔《くさび》が私の最奥を目指して穿《うが》つ。

先端がぐっと奥に当たって、知基さんは「ぐっ」と呻《うめ》いた。

ぎゅっと抱きしめたまま、膜ごしに勢いよく精が放たれる。

びゅるびゅると、私の子宮めがけて――それは、今は注《そそ》がれることはないけれど。

それでも嬉しかった。いつか彼の精が私の身体を満たし、命が宿るのかもしれないと
考えると、夢見心地になる。

――そうか、私……そういうことなんだ。我ながら、気が早くて笑ってしまう。

「お前なあ……」

精を吐き出して息をついた知基さんは、ちょっと恨みがましい目で私をじろりと睨《にら》む。

「は、はい」

「最中に、あんなこと言うな。思わず理性がぶっ飛んだだろ」

「へ？」

あんなことってどんなことだろう。なんだか夢中だったので、何を口走ったか覚えていない。

それよりも、知基さんにこの気持ちを言わなきゃ。私が今思ってることを知ってもらいたい。

「知基さん、あの、結婚……早くしましょうね」

「お？　おう、そうだな」

俄然《がぜん》やる気に満ちる私に、知基さんが少し驚いたように返事をする。

「私、知基さんとの子供が欲しくなったんですよ。だから……あの……」

ちょっと恥《は》ずかしいな。でも、言わなきゃ。

「その時は……私の中に、いっぱい……くださいね」

言えた！　ちゃんと気持ちを言えた！

良かった……。愛の継続に、言葉を使った相互理解は必要ですもんね。

うんうんと満足して頷いていると、ふと、知基さんが何も答えてくれないのが気になった。

顔を上げると、彼は私にのしかかったままで動かない。

「あ、あの、知基さん？」

もしかして、私の渾身《こんしん》の言葉、聞こえてなかったのかな。

え、また言わなきゃいけないの？　さすがに二回言うのは恥《は》ずかしいのですが……

「汐里……お前……」

すると、知基さんがまるで地獄の底から這《は》い出るような低い声を出した。

「お前は……そんなに、俺に理性を失わせたいのか。ああそうか。うんそうだな。今夜は寝たくないってことなんだな。うんうん、俺も寝かしたくないと思ったからちょうどいい」

「へ？　なにを言っているんでしょう。そんなつもりはまったくないのですが……きゃわっ」

ごろんと身体が転がされた。

うつぶせにさせられてびっくりした途端、知基さんは私の腰をぐいっと持ち上げる。

そして浴衣《ゆかた》をばさっとまくり上げた。

「ひゃ⁉」

こ、これは、お尻が丸出し！　この体勢はまったく慣れない。恥《は》ずかしい！

「あ、あの、この恰好は、私……きゃあ！」

私の非難も聞き流し、知基さんは避妊具をすばやく着け替えて、ずぷりと膣内に挿し込む。

う、うしろからなんて！　これはさすがに、恥《は》ずかしすぎる。

「あんっ、あ、あン！」

知基さんは私の腰をしっかり支えたまま、腰を動かす。さっきよりもずっと深く奥まで突き刺さって、動きも速い。

私の身体は大きく揺さぶられて、乳房がゆらゆらと揺れる。

知基さんはその乳房を片手で掴《つか》み、私の耳たぶにキスをした。

「大丈夫だよ、そのうち、嫌というほどお前の中に出してやる。たっぷりと――溢《あふ》れるくらいに」

耳元で低く囁《ささや》かれて、びくんと身体が震えた。

「でも今は――ただ、汐里の身体を貪《むさぼ》りたい。ああ、本当に――」

今夜は、覚悟しろよ。

知基さんはまるで脅《おど》すように言って、ぐっと楔《くさび》を穿《うが》つ。

「あぁぁあんっ！」

私は彼に翻弄《ほんろう》されて啼《な》くばかり。いったいなにがどうしてこうなったのか。

結局私は、知基さんが言ったように一睡もできなかったのでした……

愛を継続させるコツ

汐里と付き合って、初めて訪れたクリスマスシーズン。

街中はどこもかしこもクリスマス一色。昨今はハロウィンイベントも市民権を得つつあるが、まだまだクリスマスの盛り上がりには届かない。

俺は午前中に取引先をあらかた回って、商品を卸《おろ》したり、新たな契約を受注したりしていた。

年末から年始にかけての種苗《しゅびょう》会社は、なにかとバタバタ忙しいのである。

クリスマスシーズンは花や観葉植物がよく売れる。年末は葉牡丹《はぼたん》が飛ぶように売れる。正月は華やかで大きい花の売れ行きがよくなる。

先を見越して早めに受注を取るのが、できる営業というものである。多分。

そんなわけで午前いっぱい身を粉《こ》にして働いた俺は、会社に戻った足で研究棟に向かった。

午後一時からは営業会議だ。見ても何も面白くない部長の顔を見ながら、ありがたくもない説教を聞かされる時間である。俺は最近、目を開けながら寝るテクを覚えた。保田は真面目に聞くフリをしながら膝の上でソシャゲの周回をするテクを編み出した。

俺達は決してサボっているわけではない。世渡り上手なだけなのだ。実際のところ、営業なんて受注取ってナンボみたいな仕事なのだから、月一の説教なんてほんといらないと思う。

まあ、それなりにうまくやり過ごす技は持っているんだけど、憂鬱《ゆううつ》なものは憂鬱《ゆううつ》だった。

しかし今日の俺はひと味違う。汐里とランチをする約束を取り付けたのだ。ランチタイムの間に汐里を充電しておけば、後の退屈な営業会議も乗り切れるのではないかと考えたのである。

浮かれ気分で研究棟に入ると、まだ正午のチャイムは鳴っていないので、施設内は静かだった。汐里が所属しているチームは、三階の研究室。階段を上《のぼ》って、廊下の窓から研究室内をひょいと覗《のぞ》き込むと――まだ仕事をしている汐里が、いた。

俺は彼女に気付かれないように、身を潜《ひそ》めて汐里を眺める。

汐里は、いつになく真剣な顔をして、顕微鏡《けんびきょう》を覗《のぞ》き込んでいた。

何かの成分を調べているのだろうか。シャーレをゆっくり動かして観察したあと、近くのパソコンにカタカタと文字を打ち込む。

そして紙にボールペンを走らせて――ため息をひとつ。

もう一度顕微鏡《けんびきょう》を覗《のぞ》き込み、ピンセットのような器具を使ってなんらかの採取作業をし始める。

そこにいる彼女は、恋人としての汐里ではない。ひとりの研究者である汐里だった。

俺は、俺の前では決してしない表情を浮かべる汐里をこっそり眺めるのが、実は好きだったりする。

いつからこうやって眺めるようになったんだろう。

その始まりは実はあまり覚えていない。まだ付き合う前の話だ。汐里のことを、まだ鼻が利く変人だと思っていたころの話。

俺はここの室長に用事があって、研究棟に入った。その時、たまたま仕事をしている汐里を見かけたのだ。

難しそうな顔をして、黙々と作業をしている汐里は、営業部に来た時の汐里と雰囲気が違っていた。ふにゃんとしたいつもの表情はなく、真面目な顔をしている彼女は近寄り難くて、まるで別人のようだった。

才女――という言葉が頭に過《よ》ぎる。

そこに立っていたのは変人の当眞汐里ではなく、確かなキャリアを持つ秀才の当眞汐里だった。

ある意味、ギャップにやられたのだろうか？

俺が汐里を意識し始めたのは、あの日がきっかけだったような気がする。

それからも俺は、ちょくちょく研究棟にお邪魔して、仕事をする傍《かたわ》ら、汐里を横目で見ていた。

正直に言うと、見蕩《みと》れていたのだろう。

汐里という人間が持つ知性に、俺が持っていない才能を持つ彼女に、憧《あこが》れていた。

それは今でも変わらない。

彼女は可愛くて、素敵な恋人だけど、尊敬する気持ちもずっと抱いていると思う。

同時に、食事はすぐにエナジーバーなどで簡単に済ませてしまうところや、部屋の整理整頓が苦手なところは、徹底的に直してやらねばと思う。

正午まで、あと五分。

俺が窓越しにぼんやり汐里を眺めていると、近くで足音がした。

「おや、これはこれは、営業部の王子様じゃないですか」

あからさまな嫌味が聞こえて顔を向けると、そこには白衣を着た男性が立っていた。

えっと、誰だったかな。

仕事関係の人と女の子の顔は瞬時に覚えるけど、会社のエライ人と野郎の顔はなかなか覚えられない俺は、遠い記憶を引っ張り出すように、腕を組んで考えた。

「うーん……。あっ、思い出しました。汐里の同僚ですね」

そうそう、前に、汐里に土産《みやげ》を持って帰った時、研究室にズカズカ入り込んで、なにかゴチャゴチャ言っていた人だ。

やけに学歴に拘《こだわ》っていたのは覚えている。

「どうしたの、当眞に用事？」

「ええ、ランチを一緒にする約束をしてまして」

「年末のクソ忙しい時に余裕だね～。営業部はヒマでいいね」

嫌味その二がきた。ヒマもなにも、昼休みまで残り五分でどんな仕事をやれというのだ。それに俺は、有能な営業マンなので、やるべき仕事はすべて終わらせている。

「研究部は忙しそうですね。お疲れ様です」

適当に相手をしていると、彼は俺の隣に立った。そして窓越しに汐里を見つめる。

ムッとした。俺以外の男が汐里を見ないでほしい。思わず目潰《めつぶ》ししたくなるじゃないか。

「これは純粋な疑問なんだけどさ～」

「はあ」

世間話のように男が話しかけてきた。俺は気乗りしない態度で返事する。

「当眞のどこがいいの？　やっぱり顔？　それとも脱いだら意外とすごいの？」

おう、殴っていいかな。ダメだな。始末書は書きたくない。俺の理性が試される時だ。

「これは笑い話なんだけどさ～」

腸《はらわた》煮えくりかえる俺の横で、男がのんびり話している。

「あいつ、ここに就職したあと、一度だけ街コンに参加したらしいんだ。でも学歴を晒《さら》した途端、ものの見事にハブられて、徹底的に無視られて、すごすご帰ったらしい。バカだよな～」

けらけらと笑い出す。俺は何がおかしいのかさっぱりわからない。

「それの何が笑い話なんでしょうね」

素直に思ったことを口に出すと、男が不機嫌そうな顔をした。

「常識で考えてみろよ。男より頭のいい女なんてお呼びじゃないんだよ。誰に誘われたか知らねえけど、空気読めって話だ。大学サークルの飲み会だって、自分達よりランクの低い大学の女を集めるくらいなのにさ」

まるで敵を見るように、汐里を睨《にら》み付ける。

それを横目で見て、なんとなく思った。

汐里はずっと、こういう奴らの悪意を受けながら、生きてきたのかもしれない。

自分よりも頭がいいから気に入らない。自分よりも勉強が、仕事ができるから、許せない。

そんな妬《ねた》み嫉《そね》みの感情をぶつけられ、陰で笑いものにされているのを知りながら、知らない振りをしていたのかもしれない。

汐里は時々、寂しそうな顔をしていた。

院卒の女が気に入らない男がいる。女が目立つのを嫌う男がいる。女が功績をあげるのをよく思わない男がいる。

俺が『単なるやっかみだよ』と言ったら、汐里は少しホッとした笑顔を見せていた。

あの時、汐里は——何を思っていたのだろう。

「一部の、決して少なくない男達が、可愛くて頭の悪い女が好きなのは理解してますよ。なんせ扱いやすいし、小難しいことも言いません。逆らうこともしないし、おだてるのも上手だ。承認欲求が満たされると同時に、遊んで捨てるのにもちょうどいい。男にとって都合がいいですからね」

汐里を見つめながら淡々と言う。

「でも俺、そんな器の小さいことしなくても、充分モテますから」

くるっと横を向いて、にっこり笑う。男が怪訝《けげん》な顔をした。

「俺は、有名大学に入れるような頭は持ってないけど、顔がいいし、金もありますから、わざわざランクの善《よ》し悪《あ》しで女を選ばなくても、皆勝手に持ち上げてくれるしチヤホヤしてくれます。だから、顔がイマイチで貯金もあまりなくて、自慢できるところが有名大学卒だけの男の悩みがサッパリわかりません」

「なっ……お前！」

男が怒りだした。まあ、ここまで言えば普通怒るよな。でも、怒っているのは俺も同じだ。

自分がいい気分になりたいから、自分より頭の悪い女を選ぶ。そして頭がいい女は陰で小馬鹿にして、こき下ろす。

バカにするのもいい加減にしろという話だ。こんなやつは、女と付き合う資格もない。

俺も大概《たいがい》ロクデナシだったけど、今はこいつよりもマシになったと思いたい。

人には様々な武器がある。頭がいいという武器もあれば、顔がいいという武器もある。皆、自分が持つ武器をなんとか磨いて、好きな人を振り向かせる努力をするのだ。

かつて、こんな俺と付き合ってきた女性達。

家事ができるというアピールを欠かさない子がいた。いつも完璧に化粧をして、オシャレな服を着て、可愛らしさを主張する子がいた。男を落とす上目遣いを研究して、つけまつげを装着した大きな目で見上げてくる子がいた。

俺はその努力を無駄なものだと思っていたけれど、今は考えを改めている。

一生懸命恋をする。その気持ちは、笑ってはいけないもの。貶《おとし》めてはいけないものなのだ。

ましてや男の都合で振り回していいものではない。

恋という感情は、そんな安いものではないのだ。

「不快に思ったのならすみません。でも俺、ほんと女の子に困ったことないんで、割と悟りの域に入っちゃってるんですよ。相手の頭とか顔の善《よ》し悪《あ》しとかマジでどうでもいいんです。あと身体についてはさすがに余計なお世話ですよ」

本当は下衆《げす》の勘ぐりとか言ってやりたいけど、俺も大人なので我慢する。

「自分の武器が、頭がいいだけだと、人生しんどそうですね～」

あははと笑う。男の額《ひたい》に青筋が立った。……うん、大人の対応を心がけているのだが、ところどころ、売られた喧嘩《けんか》を買ってしまうな。まだまだ精進不足だ。

その時、正午のチャイムが鳴る。難しい顔をしてレポート用紙を睨《にら》んでいた汐里がハッとして顔を上げた。その時、ばちっと俺と目が合う。

すると汐里は、花が綻《ほころ》んだような優しい笑顔になって、俺に手を振った。

ああ、研究者の汐里じゃなくて、恋人の汐里になった。こっちの汐里も、もちろん素敵だ。

俺は笑顔で手を振りながら、隣に立つ男に言う。

「腹が立ったのなら、どうぞ悪意は俺に。悪い噂も、嫌がらせも、お好きにどうぞ。ただし俺は汐里と違って悪意には徹底的にやり返します。——それを、忘れないで下さいね」

ふ、と横を向いてニヤリと笑う。

「あと、今後汐里に嫌味ひとつでも言ったら、マジでぶっ飛ばすので。よろしく」

そう言った瞬間、汐里が研究室から出てきた。俺は男の横を通り過ぎて、彼女に近付く。

「すみません。ずっと気付かなくて。……あの、いつから私のこと、見てたんですか？」

「いや、さっき来たばっかりだよ。ほら、早速行こう」

汐里の背中を促《うなが》して、エレベーターに乗り込む。その刹那《せつな》、研究室の方向を見ると――

男は、苦虫を噛み潰《つぶ》したような顔をして、その場に立ち尽くしていた。

後日、汐里から「なんか最近、研究室の環境がぐっと快適になったんですよね。前みたいな陰口とかも減ったんですよ～」と言われたのは余談である。

クリスマスに一番近い休日は、クリスマスデートとしゃれ込みたいところだ。きらびやかにデコレーションされた街を汐里と歩き、一緒にプレゼントを探すのも良さそうだし、暖かくした俺の部屋で、汐里とチーズフォンデュとワインを楽しみながら、サプライズでプレゼントを渡すのも捨てがたい。

だが、残念なことに、その日の休日は『仕事』が入ってしまった。

それは、俺が副業としているモデルだ。最近はほとんどやってないけど、時々、ピンチヒッターのような役割で母から依頼されることがある。

今日の撮影場所は、このためにわざわざ貸し切りにした小さなチャペル。

「コンセプトがね〜、『雨に濡れる白百合《しらゆり》が似合う花嫁』なんですよ〜」

気が抜けてしまいそうなほど間延びした喋り方をするのは、カメラマンの日高《ひだか》さん。大きな丸い眼鏡が特徴の、ちょっと童顔の女性だ。

初めて日高さんと仕事した時は、あまりにのんびりした人だから大丈夫だろうかと心配したけれど、こう見えて撮影の腕はとてもいい。天性の才能でもあるのか、なかなか味のある写真を撮ってくれる。

「白百合《しらゆり》はともかく『花嫁』の写真だけでいいなら、俺はいらないだろ」

そう言うと、俺にメイクを施《ほどこ》していた厳《いか》つい男、葛西《かさい》さんが「いえいえ」と首を横に振る。

「今の時代は、美を前にして男女の違いなんてほとんどないんです。男でも花嫁になれるし、女でも花婿になれる。来年のブランドテーマは、性の脱却らしいですからね」

「そうそう、かわいい〜花嫁ちゃんになってくださいね〜」

日高さんがニコニコ笑顔で言って、俺は「はあ」とため息をついた。

「ま、なんでもいいけどね。俺は何着ても似合うし。ところで、今日の撮影は早めに終わるんだよな。人と約束してるから、時間厳守でよろしく」

「は〜い。ちなみに、誰とお約束してるんですか〜？　デートでもするんですか〜？」

間延びした口調で日高さんが尋ねる。

……まあ、別にいいか。このふたりは口が堅いから、彼女のことを言っても大丈夫だろう。

「恋人。撮影終わったらデートする約束しているんだ」

「へ〜。えっと〜今は、会社の事務さんがお相手でしたっけ？」

「そっちはずっと前に別れてる。なんというか、そういうんじゃなくて……恋人だけど、婚約者でもあるんだ。近く、籍を入れるつもりでいる」

「ひょえ〜⁉」

「なんとっ⁉」

眉からペンシルがずれて、こめかみにズビッと横線が入る。

「わっ、こら！　人の顔だぞ！」

「あわわ、すみません。修正しますから落ち着いて。心を静かに、明鏡止水《めいきょうしすい》！　深呼吸！」

「す〜は〜！」

「いや、落ち着くべきは葛西さんと日高さんのほうだろ」

なんかふたり揃って指が震えてるんですけど……。そんなに驚くようなことだったのか？

「あの遊び人の御影くんが！　ナンパ野郎の代表格みたいだったちゃらんぽらんの御影くんが！　とうとう身を固める決意をなさったなんて……っ！」

「マジ泣きするなよ、葛西さん」

「思えば初対面の時から、御影くんはチャラチャラのチャラ男くんで、女性の入れ替わりが激しかったですからね～。年上として心配したものですよ～。主に性病とか～」

「そういう心配はしなくていいです、日高さん」

付き合いが長いだけに、このふたりとは気心が知れている。なんせもう十年来の仲なので、ふたりは俺の女性遍歴をある程度把握《はあく》しているのである。

「後で会う約束をしているなら、ちょうどいいですね。ここに来て頂いたらいいんですよ」

「グッドアイデアですね～。婚約者さんが傍にいたら、いつもと違う表情が撮れそうな気もしますし～決まりですね～」

「待て、勝手に決めるなよ！」

俺が非難の声を上げても、ふたりは話を聞いていない。いいから呼べの一点張りだ。

このままでは撮影にも入れない予感がする。俺は仕方なく汐里に連絡をした。

一時間後——

貸し切りのチャペルに、ひょこっと汐里が現れた。

「あの、知基さんはここにいますか？　待ち合わせで来たんですけど……」

「お待ちしておりましたっ！　さあズズッとこちらへ！」

「なんで葛西さんが大歓迎してるんだよ！　汐里、こっちだ」

俺より先にシュタッと汐里のところへ走り寄る葛西さんに怒鳴りつつ、汐里に向かって手を振る。

「あ、知基さん！」

俺の顔を見るなり、ぱっと笑顔を見せる汐里。屈託《くったく》がなく、全力で俺を信頼しているのだと見てわかる。なんだか嬉しくなって、俺は腕を広げた。

「ごめんな、約束の時間より前に呼びつけてしまって」

「近くの共同菜園で野菜のお世話をしていただけですから、構いませんよ」

傍まで来た汐里を抱きしめると、汐里は嬉しそうな顔をする。

うーん、可愛い。このまま持って帰りたい。

「あら～まあ～まあ～！　あなたが御影くんの婚約者さんなんですね～」

「日高さん、カメラを持ってにじり寄らないで」

手を上げて制止する。日高さんは「え〜っ」と不満そうな顔をした。

「すみません。私達は、しがないメイクアップアーティストとカメラマンなのですが、どうしても御影くんの婚約者に会いたくて、無理を言って来て頂いたんです」

「そ、そうなんですか。いえ、気にしないで下さい。ご挨拶《あいさつ》が遅れましたが、私は当眞汐里といいます」

葛西さんに対して礼儀正しく挨拶《あいさつ》する汐里に、日高さんが近付いて不躾《ぶしつけ》に見つめた。

「ほぉ〜ふぉ〜、そこはかとない、知的な匂い〜」

「日高さん、くんくん嗅《か》がないで。減る」

「減るもんじゃないでしょ〜！　ねえねえ汐里さん。御影くんと同じ会社で働いているんですよね。どんな仕事されているんですか〜？」

「ちゃっかり汐里を名前呼びするな！」

「まあまあ御影くん。君はあっちで服の着替えをして下さい。時間押してるんですから」

「汐里が来るまで仕事しないとゴネたのはそっちだろ！」

俺が怒りの声を上げるが、すでにふたりは汐里に夢中だ。ぐぬぬ……仕方ない、着替えよう。

別室でササッと着替えを済ませると、汐里はメイク道具の並ぶ机の前に座っていた。

「へえ～、研究のお仕事ですか～。頭いいんですね～。もしかして大学院とか出ちゃってます～？」

「あ、はい。といっても、高名《こうみょう》な大学ではないですよ」

「いやいやご謙遜《けんそん》を。十分すごいことですよ。その隠しきれない知的な雰囲気は、きちんと下地があってこそだったのだと納得したほどです。しかし、ううむ、それにしても……」

葛西さんが腕を組んでじーっと汐里を見つめる。

「な、なんでしょう？」

「失礼を承知でおたずねします。身長体重及びスリーサイズを教えて下さい」

「葛西さんは、本当にマジで失礼極まりない質問を、シレッとするなー！」

俺は高速で走り込み、葛西さんの頭にズビッとチョップをかます。

日高さんが「ちっ」と舌打ちした。

「くそ～、思ったより早かった～！　御影くんの早着替えぶりは相変わらずですね～」

「ブランドモデルなんて、着替えの速さが肝《きも》みたいなもんだろ。じゃなくて、なんで身長に体重、スリーサイズなんか聞いてるんだよ」

すると、後頭部をさすりながら葛西さんが振り向いた。

「それはもちろん、今からお渡しする衣装を手直しする必要があるかを確かめるためですよ」

「は？」

「いいですね～いいですね～。あの衣装を着て頂くんですね～」

日高さんがノリノリだ。いや待て、いったいなにをたくらんでいる？

「えっと……別に教えるのは問題ないですが、ちょっとスリーサイズはわかりません」

そう言って、汐里は葛西さんの耳にコソコソと内緒話をする。

「ちょっ、それ、俺もされたことないのに。なんで葛西さんに先にしてるんだよ⁉」

「誰彼構わずジェラシーするのはみっともないですよ～」

「日高さんうるさい。内緒話なんて、恋人にされたいことベストテンに入るだろうが」

俺が日高さんを睨《にら》んでいるうちに、葛西さんは「承知しました！」と汐里に言った。

「やはり思ったとおり、服のサイズはぴったり合うようですね。では日高さん、お着替えの手伝いをよろしくお願いします」

「いえっさ～」

「待て。ふたりで話を進めるな。俺を置いていくな！」

そう、このふたりはこういうところがあるのだ。あうんの呼吸でなんでも勝手に動いてしまう。

そして今回も、俺の非難を聞き流し、日高さんは戸惑う汐里の手を引っ張って別室に入ってしまった。

「お着替えが終わったら、僕がメイク入れますね。いや〜、楽しみです」

「なんとなく、葛西さん達が何をしようとしてるかは察したけど、なんのつもりだよ」

俺がジロリと葛西さんを見ると、彼はニコニコした笑みを浮かべた。

「きっと、今回のコンセプトにぴったりの写真が撮れると思いますよ」

そんな、答えになっていないことを言われて、俺はムスッと渋面《じゅうめん》になった。

◆　◆　◆

一方、別室では――

私はあれよあれよというまに日高さんに連れていかれて、なんだか豪勢な衣装に着替えることになってしまった。

なんだろう、これ。というか、今はどういう状況なの？

日高さんと葛西さんの勢いが強すぎて、まったくついていけない。とりあえずこの衣装……なんかテレビの男性アイドルが着そうなんだけど、私が着ていいものなのだろうか？

「いや〜、それにしても、よくあんなチャランポランのロクデナシ君と結婚する気になりましたね！　あ、そこにボタンがあるので気を付けてくださいね」

日高さんに指示されながら、あわあわと服に袖《そで》を通す。

それにしても、そこまで言われるほど、知基さんって酷かったの？

色々な女性とお付き合いしていたから、社内でも浮名を流していた。でも、そこまでチャランポランなイメージはなかったんだけどなあ。確かにちょっと軽薄な印象はあったけど。

「あの、日高さんは、知基さんと長い付き合いなんですか？」

なんとなく気になって尋ねると、私の背中側で衣装に糸を通していた日高さんが顔を上げる。

「ええ。御影くんが中学生くらいのころからの知り合いですよ〜。あのころは、私も葛西さんもぺーぺーの新人だったのですが、彼のお母様……ファッションブランドの社長さんと一緒にやってきたんです。専属モデルとしてね」

「へえ……。そんなころからモデルをしてたんですね。お勉強とか、大変そう」

私が中等部にいたころは、家と学校と塾を往復する生活だった。それはそれで充実した毎日だったけど、知基さんみたいな煌《きら》びやかな世界とは無縁だった。

日高さんが、クスッと笑う。

「そこで、昔からモデルしてたなんてすご～い！　じゃなくて、勉強の心配するところが、面白いですねえ～、汐里さん」

「そ、そうですか？　中学は義務教育の範囲内とはいえ、たった三年で高校受験ですし、勉学とモデルの仕事の両立は大変だと思うんですけど……」

「そうですねえ。そのへんはあまり詳しく聞いてないけど、御影くんは要領のいい子だったから、割とのらりくらりうまくやってたみたいですよ。あんまり成績落とすと親がうるさいんだって、時々愚痴《ぐち》ってたかな～」

「そうですか……」

やっぱり、大変だったんだろうな。私なんて、勉強だけで手一杯だったもの。高校生のころに少しアルバイトをしたけれど、学校帰りにほんの数時間でも忙しかったし。

私が着た衣装を軽く手直ししながら、日高さんがほんのり目を伏せた。

「他人のあたしが言うのもなんですけどね。御影くんのご両親は、ほんと子供に無関心で……なのに、少しでも自分達の名誉を傷付けそうだと思ったらしつこく注意するって感じだったんですよ。お母様はまだ、モデルさえできたら他は気にしないって感じだったけど、お父様がですね～」

日高さんがふうっと疲れたようなため息をつく。

「お父様って、え～と、政治家の方ですよね」

「そうそう～。だからですかね～。自分の子供は優秀で完璧でなければならないみたいな考えを持ってて、それを御影くんに全部押しつけてたんですよね～。だからモデル業も完璧にこなして、同時に勉強もスポーツも疎《おろそ》かにするな、みたいに、フラッと撮影現場に現れては説教していたんです」

当時のことを思い出すように、日高さんが遠い目をする。

「説教……の、他には？　その、モデル業をしている知基さんを労《ねぎら》ったりとか……」

「ナイナイ～。お母様だって褒めることは一度もなかったですよ～。多分御影くん、ご両親に一度も褒められたことないんじゃないですかね～」

「え……」

私は思わず振り向いてしまった。日高さんは私の姿に満足したような顔をして「よしっ、メイクの葛西さん呼んできますね～」と、ドアを開けて走っていく。

ご両親に、一度も褒められたことがない――なんて、ありえるの？

『俺の両親は……その、ぶっちゃけて言うと、かなりドライな関係だったんだ。子供に対する愛情も消え失せていたから――』

困ったような顔をして、自分の過去を話してくれた知基さんを思い出す。

私はなんとなくでその言葉を理解していたけれど、実際は、もっと深刻だった。

だって、親が我が子を褒めない、なんて――普通はありえない。そう思うのは、私が両親に恵まれていたからだろうか。褒めない親は、意外と多いのだろうか。

私の両親は、なにかと私を褒めてくれた。テストでいい点を取った時はもちろんだけど、努力が足りなかった時だって『よく頑張ったね』と労《ねぎら》ってくれた。

スポーツは苦手だったけど、それでもなにかしらいいところを見つけては褒めてくれた。

あまり上手でない絵を描いた時も、不器用に縦笛を演奏した時も。いつも『上手だよ』と言ってくれた。

『汐里は、お花の気持ちがわかるのかしら。すごいねえ』

家の近くにある共同農園で、母の作業を手伝ったことがあった。

花の葉つきが小ぶりで、葉先が黄色くなっていたのが気になって、図鑑で調べたら、窒素不足の可能性があると書いてあった。私はそれを母に教えて、花に肥料をやった。

『チッソは大事な成分だけど、やりすぎはよくないんだって。逆に花つきが悪くなるんだよ』

『本当によく調べて、えらいね。汐里は植物学者みたいね』

『うん！　植物のことならなんでも聞いてよ！』

子供らしくえらぶってみせると、母親は微笑ましいものを見るように自分を眺めて、くすくす笑った。

小学校ではいじめられていたけれど、家庭は温かかった。だからさほどへこたれずに済んだ。大好きで、素敵な両親だと思っている。

それで言うなら、知基さんは逆だったのかもしれない。家の外ではうまくやっていたけれど、家庭は冷え込んで……会話すらなく、たまに声をかけられるとしたら注意と説教ばかり。

そうだとしたら、知基さんが愛情を信じられなかったのは仕方がない。

結婚から逃げ続けていたのも、理解できる気がする。

愛のない両親を見ていたら、結婚に夢を見られるわけがないのだ。愛は移ろうものだと知基さんは言っていた。形がなく、そして確証もない曖昧《あいまい》な気持ちに過ぎないのだと。

彼は何よりも、私の愛情が他人にうつろうことを恐れていたのだ。自分の両親のようになりはしないかと。

カチャリと音がして、振り向く。すると日高さんと一緒に葛西さんが入ってきた。

「おお～これは素晴らしい。私の目に狂いはありませんでしたね」

スキップしながら近付いて、私の姿をまじまじ見る。

「あ、あの。どうして私、こんな恰好になっているんでしょう？」

「それはもちろん、これから撮影するからですよ。ちょっとだけメイクをしますね」

話しながら、葛西さんは大きなトランクをガチャリと開けた。中にはズラリと化粧道具が入っている。なかなか壮観だ。

いやでも、葛西さん、今、撮影するって言わなかった？

「ままま、待って下さい！　な、なんで撮影!?　これ、知基さんのモデルのお仕事じゃ!?」

「いや〜、ほんとは御影さんひとりで二着分の撮影をするつもりだったんですよ。でもほら、ちょうどいい被写体が来てくれましたからね。ブランドコンセプトにもぴったり合致していますし」

葛西さんは手早くメイク落としで私の薄化粧を落とすと、ぺたぺた化粧水やクリームを塗って、化粧下地を指でのばし始める。

「ブ、ブランドコンセプトってなんですか……？」

「性の脱却。なんて言ってもピンとこないですよね。女性のモデルさんを起用する案も出ていたんですけど、なかなかコレといった感じの人がいなかったんですよ。女性らしさを追求したプロじゃなく、垢抜けない感じで、しかも知的な雰囲気の女性がイメージだったんですよね」

「そうそう、学者さんとか、研究者みたいな、白衣が似合う感じです〜！」

隣で日高さんが目をキラキラさせてぐっとこぶしを握った。

確かに、職場ではいつも白衣を着ているけれど、それは似合ってるからじゃなくて、仕事で着てるだけなんだけどな……

「大丈夫ですよ～。顔は見えないように撮ります。横顔がメインで、しかもヴェールを被りますから～」

「そ、そういう問題じゃ……」

なんて言ってる間に、葛西さんはサササッと私の顔をメイクしてしまって、しかもつけまつげまでつけてしまう。

いやいや、つけまつげなんて人生で初めてなんですけど！

「いや～、それにしても御影くんはズルイですね。あんなに遊び倒しておいて、良い頃合いになったらちゃっかり伴侶《はんりょ》を決めちゃうんですから。それも大分しっかりした方を選ぶんですからね」

「そ、そんな。別に私、しっかりしてるわけじゃないですよ」

ぱたぱたとおしろいを叩《はた》かれつつ、私は恥《は》ずかしくなって俯《うつむ》く。

正直なところ、謙遜《けんそん》でもなんでもない。生活力だけで測ったら、私のレベルなんて下の下だと思う。知基さんにごはんを作ってもらわなかったら、いまだにエナジーバーとインスタント味噌汁で毎日しのいでただろうし。

「それに、知基さんはおふたりが言うほどチャランポランでも、ロクデナシさんでもないと思います。すごくちゃんとした考えを持っていて、優しくて、誠実な方ですよ」

私は顔を上げて言った。日高さんと葛西さんが目を丸くする。

「確かにちょっとスレた考えを持っていたかもしれませんけど……」

でも、それはいい加減な気持ちからきたものじゃなかった。彼の辛い過去から、そういう人格にならざるを得なかったんだ。でも、今はもう違う。彼はちゃんと考えを改めてくれた。

愛を信じてくれた……。だからもう、彼は逃げることだけはしないだろう。

私はそんな知基さんを信じるだけだ。そして、愛情を継続する努力を忘れないようにすればいい。

それだけで私達はきっと、うまくいくはずだ。

「知基さんは過去を乗り越えて、私と共に人生を歩みたいと言ってくれました。その言葉には確かに誠実さを感じました。……そんな知基さんが、チャランポランでも、ロクデナシでもないはずです。ちょっとだけ人生を迷走して……そして、その過去を後悔している、至って普通の方ですよ」

私がそう言うと、葛西さんが額《ひたい》を手で押さえて「たはぁ～」と言った。

「おみそれ致しました。まさかそこまで見抜いているなんてね～」

「やっぱりあたしの直感は正しかった～！　汐里さんのインテリジェンスな匂いは本物だったのですね～！　聡明すぎて、御影さんにはもったいないくらいです～」

ぱちぱちと日高さんが拍手している。

私が目を瞬《またた》かせていると、葛西さんは気を取り直したようにくすりと笑った。

「まったくもって、あなたの言う通りってことですよ。御影くんは家庭環境が最悪でした。経済面だけは恵まれていて、彼自身も冷めた子供だったからこそ、グレずに済んだのでしょう。それくらい、彼は愛情を知らない子供でした。本当、生意気なくらいスレた子供でしたよ」

「そうそう、中学生のくせに大人びていてね～。可愛げがないったら！　おまけにアイドルの女の子や同業のモデルに声をかけられては、ほいほい付き合っちゃうし、お姉ちゃんは心配でしたよ～」

日高さんがうんうんと頷いて、腕を組む。

「だからね～。御影くんが、こんなふうにちゃんと好きな人を見つけてくれたのが、嬉しいんですよ～。彼を見限らず、じっくり付き合ってくれてありがとうですよ～」

私の手をぎゅっと握って言う日高さんに、私は笑いかけた。

――よかった。ちゃんと知基さんを心配してくれる人がいたんだ。そういう人がいなければ、悲しすぎたもの。知基さんにとっても、日高さんや葛西さんみたいな存在は救いになっていたのかもしれない。

「はい。難しい人ではありましたが、私は彼を好きになれて良かったです」

一度は諦《あきら》めかけた恋。逃げたこともあった。でも、知基さんが私の手をふたたび握ってくれて嬉しかった。だから私は、精一杯彼の気持ちに応《こた》えよう。

家事はからっきしだけど、彼と幸せになりたいという気持ちは誰にも負けないつもりだから。

◆◆◆

俺はイライラしながら腕を組み、人差し指でトントン腕を叩きながら、汐里の着替えを待つ。

日高さんが別室から出てきたり、葛西さんが入れ替わりで入っていったり。いったいあの部屋でどんな話をしているのか。気になって仕方がない。

まさか中学生だったころの俺の話とかしてないだろうな。正直あのころの俺は今以上にスレており、大人に対して可愛くないことばかり言うガキだったので、あまり思い出したくない。

俺がはらはらしながら待ち構えていると、やがて別室のドアがキイと開いた。

「……うわ」

思わず何もかもを忘れて、感嘆《かんたん》の声を出してしまう。

着替えを済ませて、プロのメイクを施《ほどこ》された汐里は、別人かと思うほどに見違えていた。

「お、お待たせしました」

もじもじしながら、汐里が謝る。

「あの、なんだか勢いに圧《お》されるままに、こんな感じになってしまって……、似合っていなかったら、ごめんなさい」

汐里の恰好は、俺が今着ている服とほとんど同じだ。

白を基調にした服は、ウェディングドレスと燕尾服《えんびふく》を足して二で割ったようなデザインで、裾《すそ》がドレスのように長いけれど、基本はパンツルック。

「汐里さん、脚が長いから、パンツが似合いますね～」

「それにバストが豊満ですから、御影さんと良い対比になっていますね」

確かコンセプトは『雨に濡れる白百合《しらゆり》が似合う花嫁』。そしてブランドテーマは『性の脱却』。

なるほど。男女が同じユニセックスの衣装を着ることで、テーマに添った写真が撮れるかもしれないとふたりは考えたんだな。

「うう～ん、いい感じですよ～。どっちもキュートな花嫁さんです～」

「それはいいけど、汐里はモデルじゃないんだから、顔を出すのはやめてくれよ」

「もちろん承知しています。先ほども汐里さんに説明しましたが、このヴェールで顔を隠して、横顔を撮らせて頂きますよ」

葛西さんがサッと白いヴェールを取り出した。いや、準備よすぎだろ。

しかも、なぜか汐里と一緒に撮影することが決まってしまっている。

「ごめんな。なんか俺の事情に巻き込んでしまって」

さすがに悪いと思って謝ると、日高さんに言われるままに、ポーズや顔の角度を変えていた汐里が、俺に顔を向けた。

「いいえ。驚きましたけど、こんな機会は二度とないでしょうから。いい体験をさせて頂いていると思っています」

汐里の言葉に、俺はホッと安堵《あんど》する。

「まあ、日高さんは、言動はああだけど腕は確かだから」

そう言って、俺は改めて汐里の姿を眺めた。

白い、ウェディングドレス。チャペルのステンドグラスを背にした汐里は、本物の花嫁みたいだ。

「いつか、近いうちに。ちゃんと式を挙げよう。その前に籍を入れたいけど」

「はい、楽しみにしています」

「育休とか、産休とか、会社の福利厚生も確認しておかないとな」

「そうですねえ。私は仕事辞めたくありませんし、そうなると、知基さんの協力は不可避ですよね」

もちろんだ。汐里の大好きな研究を取り上げるつもりはまったくない。

「はーい、おふたりとも。次は向かい合って、額《ひたい》を合わせてくださ〜い」

日高さんの指示が飛んできて、俺は汐里の額《ひたい》に自分の額《ひたい》を合わせた。

至近距離で、汐里がふふっと笑う。

「やっぱり知基さんは恰好良いですね。キラキラな服が、とても似合っています。裾《すそ》も長くてドレスみたいなのに、知基さんが着るとファンタジー小説に出てくる王子様みたいですよ」

「それは仕方ない。俺は顔が良ければスタイルも抜群だからな」

大真面目に言うと、汐里はクスクス笑った。

「まったくその通りです。……ね、知基さん」

汐里が俺の名を呼んだ時、日高さんの指示が飛ぶ。

「次はチャペルのステンドグラスの前で、背中合わせになってくださ〜い」

言われた通り、俺は汐里の手を引いてステンドグラスの前まで移動し、背中合わせになった。

「顔を上げて。なにか決意するような顔がいいですね〜。来年の抱負でも考えてくださ～い」

「なんだよそれ」

思わずツッコミを入れて笑うと、俺のうしろで汐里も笑った。

「来年の抱負ですか。じゃあ私は将来の夢を語りますね」

そう言って汐里はそっと俺の手に自分の手を絡ませた。ふい打ちのような触れあいに、ドキッと鼓動が大きく鳴る。

「私は、絶対知基さんを幸せにします」

俺から背を向けて、どこか遠くを見つめて、汐里が決意を口にする。

「決めました。知基さんが幸福になりすぎて、おなかいっぱいだって音を上げるくらい、幸せにします。これからもずっと――期間は無制限で。私達のどちらかが、この世を去るまで」

「汐里……」

俺は思わず汐里に顔を向けてしまった。彼女はチラと俺を横目で見ると、小さく笑う。

「愛は、お互いが頑張れば維持できるもの。そうでしょう？　私達は幸せになるための努力を決して怠《おこた》らないようにしましょう。時々喧嘩《けんか》をしても、仲違《なかたが》いをすることがあっても……」

汐里は、軽く目を伏せた。

「信じてさえいれば、仲直りできる。私はそう思います」

力強い汐里の言葉に、心の重石が軽くなる。

そう。愛はたやすく壊れるものだ。けれども、大切にすれば一生ものでもある。

俺が汐里を想い、汐里が俺を想い続ける限り――その感情は永遠になるのだ。

ありがとう。俺は君を好きになってよかった。心からそう思う。

「愛してる、汐里。俺達は、幸せになろう」

想いが溢《あふ》れて止まらない。俺はたまらず、汐里を抱き寄せてキスをした。

――パシャリと、シャッターを切る音がした。

書き下ろし番外編

結婚に至る、はじめの一歩

さあ結婚しようと息巻いても、愛し合うふたりが揃っていればすぐにできるというわけではない。それがいわゆる、『しがらみ』というものであると俺は考えている。

実際は婚姻届の紙切れ一枚を役所に提出すればよい話なのだが、その前にどうしても踏んでおかなければならない段階があるのだ。

すなわち、両親への報告である。

正直、超面倒くさい。こちとら三十手前でとっくに自立した大人である。しかも両親とはティッシュよりも薄くて軽い関係だ。

そうは思っても完全には切り捨てられない。もっと具体的に言うと、あの人達に報告せずに結婚して、あとで文句を言われるのがめちゃくちゃ面倒くさい。とにかく世間体を重視するため、我が子がいつの間にか結婚していました――なんて知ろうものなら、親に恥をかかせたとして文句を言いに乗り込んでくること間違いなしなのだ。

俺ひとりならどうでもいいけど、汐里を巻き込みたくない。

そんなわけで、俺は仕方なく……本当に仕方なく、両親に連絡を取った。

あの人達は、俺自身にはなんの興味も持っていない。母親はまだ俺を商売道具として見ているが、父親はマジで俺の人生に興味ナシだ。毎日、選挙に勝つことしか考えていない。

だから、一言『結婚する』とさえ報告すれば、それで用件は済むと考えていた。

向こうはそれで親としての面目《めんぼく》が立つのだから、問題ないと。

……俺の考えは、つくづく浅はかであった。


「い、いやあ～緊張しますね」

とある老舗《しにせ》ホテルの最上階にあるスイートルーム。

豪華絢爛《ごうかけんらん》なリビングのソファに座っていた汐里が、居心地悪そうにきょろきょろとあたりを見回した。

「本当に悪かった。まさかこんなことになるなんて」

彼女の隣に座っていた俺は、重いため息を吐く。

両親に結婚すると報告したところ、あのふたりはこぞって根掘り葉掘りと質問攻めをし始めた。

三十年近く息子を放置しておきながら、こういう時に限って親のツラして身辺調査をする。そんな両親に虫唾《むしず》が走りながらも、俺は汐里についてかい摘まんだ説明をした。

そうしたら、あろうことか汐里に会いたいと言い出したのだ。

曰《いわ》く、親として挨拶《あいさつ》する必要がある、と。

正直、嫌だった。汐里に俺の両親を会わせたくない。だから最初は断ろうと思った。

しかし――

『ちょうどいいですね。私も知基さんのご両親にも一言ご挨拶《あいさつ》したいなって思っていたんです。それに、私の両親も知基さんに会いたいって言ってるんですよ』

俺がぽろっと親のことで愚痴《ぐち》った時、汐里がニコニコとそう言ったのだ。

はっきり言って、俺の両親は汐里の両親とぜんぜん違う。会えば絶対に後悔する。嫌になるはず。だから会わないほうがいいと言ったのだが、汐里は首を横に振った。

『それでも結婚するのなら、会わないわけにはいきません。それが親ってものでしょう？』

そう言われると何も返せない。

これが、あの親から生まれた俺のしがらみというわけだ。

しかしわざわざスイートルームを用意するなんて、成金みたいで嫌になる。これも親のプライドによるものだとしたら、彼らの見栄は相当なものだ。

「挨拶《あいさつ》なんて、そのへんのカフェでもできるのにな」

手持ち無沙汰《ぶさた》になった俺は立ち上がり、窓からの景色を眺める。

さすがは一等地にそびえ立つ老舗《しにせ》ホテルのスイートルーム。眺めは最高に良い。

「騒がしいカフェでは、落ち着いて話もできないだろう?」

唐突に声がした。振り返ると、スイートルームの入り口に、痩《や》せた中年男性が立っている。神経質そうな相貌《そうぼう》に、メタルフレームの眼鏡、ほつれひとつないオールバックの髪型。

……久しぶりに見る、父親だった。

「そうよ、ただでさえ私達は目立つんですから」

父のうしろから、母が現れた。癖毛ひとつないストレートの黒髪をきっちりボブに切り揃えた髪型で、首にはスカーフを巻き、体のラインにぴったりと沿うようなボディコンドレスに身を包んでいる。

俺は軽く額《ひたい》を手で押さえた。父はビジネススーツだからともかく、母は、なんというかその、少しは年齢をわきまえた服装で来てほしかった……。

この人はいつまでも自分が若々しいつもりでいるから、服装も派手だったり、やたら体型を強調するようなデザインを好む。

「は、はじめまして。私は当眞汐里と申します。よろしくお願いします!」

汐里が強張《こわば》った面持ちで立ち上がり、頭を下げた。

声がうわずっている。汐里が緊張している姿は何気に初めて見たかもしれない。

「はじめまして。君の話は知基から伺っているよ。私は御影隆三《りゅうぞう》、知基の父だ」

「私は姫子《ひめこ》。知基の母親よ。そういえばあなた、ｉｄｉｄ《イドイド》の表紙を飾ったんでしょ。うちのカメラマンが素晴らしい被写体だったと褒めていたわ」

母がずいと汐里の前まで歩き、にっこり微笑む。

「知基さんと一緒に撮ってもらった、ウェディング姿の写真ですか？」

「そうよ。確かに研究者にしておくには惜しいスタイルね。お顔は地味だけど、メイクでなんとでもなるわ。どう？　モデルの仕事もやってみない？」

俺はため息を吐く。

初対面早々、他人のスタイルに評価をつけ、更には顔が地味だと言いたい放題。

この人はいつでも高慢でデリカシーがない。まあ、世界的に有名なデザイナーだから、普段は周りの人から持て囃《はや》され、ごまを擦《す》られている。こんな性格になるのは仕方がないのかもしれない。

「母さん、汐里は仕事が忙しいんだからそんな暇はないよ。俺だってモデルの仕事は、どうしてもって時以外はできないくらいなのに」

「本当、知基はどうしてその顔を生かさない職業に就《つ》いたのかしらね。せっかく顔がいいんだから、芸能界にでも入ればよかったのに」

「俺レベルのヤツなんか、芸能界に死ぬ程いるって」

それに、俺は自分で言うのもなんだけど、営業職がなかなかに天職だと思っている。肌に合っていると言おうか。それと比べて芸能界は絶対に向いていない。俺は演技力は皆無《かいむ》だし、歌唱力もない。話術はそれなりにあるが、それは芸能界向きの話術ではないと思う。

「知基も汐里さんも、安定した企業に就職して堅実な生活を選んでいるんだ。私はとてもいい選択だと思っているよ」

うしろから父が落ち着いた声で話す。すると明らかに母がムッとしかめ面をした。しかし父はそんな母をサラッとスルーして、ソファに座る。

「立ち話もなんだから座らないか。今、軽食を用意しよう。汐里さんは、酒は嗜《たしな》むかね」

「はい、少しなら」

汐里がおずおずと答えると、父は満足そうに頷く。

「ではシャンパンを用意させよう」

タイミングを計ったように、リビングの扉が開く。ワゴンを押して現れたスタッフがてきぱきと配膳を済ませた。

フォアグラのパテを鴨《かも》のプロシュートで巻いたもの。エビとパイ生地のミルフィーユ、キャビア添え。黒トリュフとマスカルポーネのカナッペ。

よくもまあ、こんなにも豪華な『軽食』ばかり揃えたものだ。

政治家じゃなくて成金に転職したのか？　と言いたくなる。

皆がソファに座ってテーブルを囲んだ。乾杯、と父が音頭を取って、俺達はシャンパンが入ったグラスを掲《かか》げる。

ごく、と飲むと、すがすがしい炭酸と共にふくよかなワインの香りがした。文句なしにうまいシャンパンだ。有名な銘柄で、お値段は俺が普段飲んでいるチューハイの百倍くらいするだろう。

さすが大物政治家さんだなあ。普段からいいものをたらふく飲んで、いいご身分だ。

これは僻《ひが》みではない。むしろイチ国民としての嫌味だ。自《みずか》ら借金してまで国のために奔走《ほんそう》した大久保利通《おおくぼとしみち》を見習ったらどうだろう。

「さて、汐里さん。君のことを少し調べさせてもらったよ」

「えっ」

おそるおそるフォアグラのプロシュート巻きを食べようとしていた汐里がビクッと肩を揺らす。

「……父さん」

俺は非難する目で父を睨《にら》んだ。だが、父は俺の視線などまったく意に介さず、優雅にシャンパンを口にする。

「私には立場があるのでね、警備上仕方がなかったのだ。例えば、君が過激な思想を持つ女性だったとしたら非常に困ることになる。わかるだろう？」

わかるか。あんたひとりがどうにかなっても、この国はまったく困らねえよ。

そう思ったが、ここは喧嘩《けんか》をする場ではない。俺は黙って汐里に目を向ける。

すると、汐里と目が合った。彼女は俺を安心させるようにニコッと微笑む。

「はい。知基さんのご両親は、大変責任のある立場だと理解しています」

汐里は臆《おく》することなくはっきりした声で言った。満足いく返答だったのか、父も母も笑顔で頷く。

「うむ。自分自身にやましいところがなければ、調査が入ろうが問題はない。汐里さんは理解の早い女性のようだ」

「問題ありありだっての」

俺はボソッと呟く。プライバシー侵害って言葉を知ってるか？

そうやってすぐ自分を正当化するところも、俺が父を好きでない理由だ。

「地方とはいえ、国立大学から大学院に進学。更に特待生待遇だったそうだね。素晴らしい学歴じゃないか。君は当時から優秀な研究者だったのだろう」

「そんな、褒めすぎです。私が専攻した学科は人気がなくて、他の学科と比べて競争率が低かったんですよ」

「ははは、それは謙遜《けんそん》というものだ。汐里さんのような人は、この国にとって貴重な人材といえる。私は君みたいな研究者を守るのが仕事なんだよ」

父は上機嫌な様子で笑った。

はぁ……よくそんなセリフが言えるよな。金にならねぇ研究には見向きもしないくせに。

「それに、君のご両親は揃って堅実な仕事に就《つ》いていた。汐里さんは息子の妻としてとても理想的な女性だ。何より、高い知性を感じられるところがいい」

「は、はあ、ありがとうございます」

汐里がぺこりと頭を下げた。

「そういうわけだから、私は知基との結婚は賛成している。ただ、そちらは違うかもしれないがね？」

チラ、と父が母を横目で見た。舌打ちでもしそうな顔をした母は「フン」と鼻を鳴らして脚を組む。

「勝手に予想しないで。私だって賛成よ。最初は企業勤めの研究員なんて地味だから嫌だったけど、雑誌の表紙を見て気が変わったわ！」

――

あ、危ねえ……。あの日、汐里と一緒に撮影しておいてよかった。あの時は、勝手にやるなよなと思っていたが、あれがなければ母は感情のまま反対していたに違いない。

堅実大好きな父と違って、母はとにかく華やかなのが好きなのだ。もし、汐里が母の好みでなかったら、今頃はキーキーとヒステリックに喚《わめ》いていただろう。

「でも、もうちょっと顔はどうにかならない？　って思うけどね。メイクが下手すぎるのよ。一度ちゃんとした教室で習ったほうがいいわね」

「姫子、失礼だぞ。生業《なりわい》は研究者なのだから、地味なのは当然だろう」

父が母をたしなめる。だが、父も父で言っていることが失礼すぎる。

俺は長いため息を吐いてから、気持ちを落ち着かせるためにシャンパンを飲んだ。

怒るな、俺。こいつらはスルーするのが一番いいんだ。どうせ滅多に会わないんだから、今さえやり過ごせば問題はなくなる。

でも……やっぱり腹が立つ。膝に置いた手は、気付けばこぶしになっていた。

すると、そのこぶしの上に白い手が乗る。顔を上げると、汐里が俺を見つめて微笑んでいた。

……どうしてそんなに笑顔でいられる？

顔をバカにされているんだぞ。俺なら耐えられない。

「結婚をお許し下さってありがとうございます。また、こんなにもおもてなしして頂いて恐縮していますが、同時にとても嬉しく思います」

そう言った汐里はゆっくりと頭を下げる。

「まあ、殊勝《しゅしょう》なところはいいわね。最近の若い子はメイクはうまくても、目上への態度がなってない子が多いから。ある意味貴重だわ」

「うむ。やはり聡明な方のようだ。選挙にもきちんと行くのだろう？　感心感心。その調子でうちの愚息を末永く支えてもらいたい」

両親は満足げに頷く。

こうして俺の両親への挨拶《あいさつ》はつつがなく――俺の青筋は立ちっぱなしだったが――終わったのだった。

◆◆◆

「ほんと悪かった。ごめん。何度両親をぶっ飛ばしたいと思ったかわからない」

知基さんは私の前でぱんっと合掌《がっしょう》して頭を下げる。

彼のご両親は上機嫌な様子でタクシーに乗っていった。ちなみに一緒のタクシーではなく、それぞれ別のタクシーだ。

夫婦仲が悪いと知基さんに教えられていたけれど、本当なんだなあ。

「謝らないでください。というか、謝るところ……特になかったですよね？」

私が首を傾げると、知基さんは一気に不機嫌な顔になった。

「何を言ってるんだ。あいつら汐里に言いたい放題だっただろ。母さんは地味だなんだと汐里をけなすし、父さんは汐里のことを学歴と経歴でしか見ていなかった。なんとかキレるのは我慢したけど……あれ以上会話が続いていたら、間違いなく俺はキレてたぞ」

確かに、言われてみれば怒って然《しか》りかもしれない。

だけどやっぱり私は腹が立たなかった。

「う～ん、客観的に見れば、当然の評価ですからねえ」

「なんで汐里は冷静でいられるんだ。あの席でもずっと笑顔だったよな。実は菩薩《ぼさつ》の化身なのか？」

「そんなわけないですよ。私だって怒る時は怒りますし、不機嫌になる時もありますよ」

腰に手を当てて怒るふりをすると、なぜか知基さんは疑わしげに私を見た。

「……想像がつかないな」

「そうですか？」

研究室では、研究がうまくいかなくて怒ったり、コンビニでレジ待ちしている時に割り込みされて不機嫌になったりしているのになあ。

「私はそんなことより、知基さんのご両親が私達の結婚を賛成してくれたのが嬉しかったです」

だって、それこそが懸念《けねん》していたことだったのだ。

私にとって知基さんは雲の上の人、まさに王子様だった。

彼のご両親の立場は実に華やかで、更に知基さん自身、とても魅力的な男性だ。

対して私は明らかに見劣りしている。

こんなにも地味に生きている私ではご両親のお眼鏡に適《かな》わないかもしれない。それがずっと不安だったのだ。

知基さんは、私を紹介したくない様子を見せていた。もっと言えば、私をご両親に会わせたくないという感じだった。

だけど私は、自分から『会いたい』と主張した。

確かに知基さんのご両親は、私の両親とは随分違うのだろう。

嫌われるかもしれない。何か嫌味を言われるかもしれない。

それでも、彼らに一言もなく結婚するのは一社会人として間違っている気がした。

「受け答えは常識の範囲内でしたし、特に失礼な態度を取られたわけでもありませんし。私には、結構普通のご両親に見えましたよ」

知基さんがいかにも『信じられねぇ〜』って顔をした。

「それに、あんなにも豪華なお部屋に、すごいお料理までごちそうして下さって、至れり尽くせりだったじゃないですか」

「あれはなんというか、大物感を出したいがための見栄なんだよ。わざわざ世界三大珍味を用意するなんて、露骨にも程がある」

「でもおいしかったですよ。それに私のことを本当に『どこの馬の骨かもわからぬ娘』と思っていたら、あんな待遇はしてくれなかったのではないでしょうか」

私がそう言うと、知基さんはむむっと眉間に皺《しわ》を寄せつつも、それ以上はご両親を悪く言うのをやめてくれた。

「私が地味なのは本当のことですし、学歴と経歴を見てくれたなら、それはむしろいいことですよ。私の取り柄なんて、多分そこしかありませんし」

「……そんなことはない」

ムッとした顔で、知基さんは反論する。

「自分のこと、そんなふうに言うな。汐里にはたくさんの取り柄がある。俺は汐里のいいところをたくさん知っているんだよ」

「う……」

「えぇ……？」

今度は私が黙ってしまう番だった。思わず顔が熱くなってしまう。

本当に知基さんってすごい。

絶対口にしたら恥《は》ずかしいだろうなって言葉を、ぽんぽん口に出してくれる。

もちろん嬉しいけれど……でも、ふい打ちで言われると照れてしまう。

「え、えっと、話は変わりますが、夜は私の両親に挨拶《あいさつ》ですよね」

「ああ。行く前にお土産《みやげ》を買っていこう。このあたりに、お勧めのお菓子屋さんがあるんだ」

知基さんは私の手を握って歩き始める。

休日の繁華街は人出が多い。頭上を見上げると、空はまだ青かった。

知基さんは足を止めることなく、人と人の間を縫うように歩いていく。

私は彼の手に引かれながら、なんとなくぼーっとしながら歩いて、ふと呟いた。

「私、結婚するんですねぇ……」

「何を今更」

前をすたすた歩きながら、知基さんが言う。

「いやあ、なんだか急に実感が湧いてきたというか。ご両親に挨拶《あいさつ》するって、やっぱりひとつのけじめなんでしょうね」

「そうかもしれないな」

混雑していた歩道を抜けたところで、知基さんは私と並んで歩き出した。

一緒に歩く時、彼はいつも私の歩幅に合わせてくれる。それは意識してではなく、無意識にだ。

私は知基さんの、そういう無自覚な優しさがとても好き。

「実は、俺は少し怖かった」

「え？」

横を向くと、知基さんは難しそうな顔をしていた。

「俺の両親と会って、引かないかなって思ったんだ。それで、もし結婚をやめたいって言われたらどうしようって」

「知基さん……」

私の手を握る力が、少し強くなる。

「昔からそうでさ。父も母も、とにかく世間体を気にするんだ。どっちも自分の都合しか考えてなくて、汐里を調査したのも、自分の経歴に傷がつくような女性だったら困るからなんだよ。それだけの理由で調べたんだ」

知基さんが落ち込んだように重いため息をつく。

「……そういうことをして、相手がどう思うかなんて考えない。なまじ、他人にえらぶれる立場だからさ。どっちも傲慢《ごうまん》で、そのレベルが桁違いなんだよ」

ぽつぽつと呟く知基さんの目には、明らかに寂しさが見え隠れしていた。

子供の頃から、彼のご両親はそうだったんだろう。知基さんの都合を考えずに、自分達の都合で振り回していたのかもしれない。

そして知基さんはご両親に期待することを諦《あきら》めてしまった。

今の寂しげな表情はきっと、そういうことなんだ。

本当の彼はとても繊細な性格をしている。傷付きやすくて……だからこそ、傷付きたくなくて、たくさん、本当にたくさん、回り道をしてしまったんだと思う。

私はぎゅっと知基さんの手を握りしめた。

「引いてなんかいませんよ」

「汐里……」

「知基さんがどう思おうと、あなたのご両親は立派な方達です」

子供に対する愛情は足りなかったのかもしれない。お世話はシッター任せで、彼は寂しくて辛い思いもしていたんだろう。

でも、知基さんは道を間違えることはなかった。愛情不足からひねくれているところはあるけれど、根底にいる彼はいつだって……こんなにも優しい。

「だから、これ以上ご両親を嫌いにならなくていいんですよ」

知基さんは驚きで目が丸くなる。

どんなに親を嫌いでも、本気でそう思うことはできない。

だって知基さんは優しい人だもの。

本気で嫌いじゃないからこそ、彼は私をご両親に紹介してくれた。そしてご両親の態度を目の当《ま》たりにして、私が引かないかと恐れていた。

好きな人に、自分の親を嫌ってほしくないのだ。それこそ、本当の知基さんは親を嫌っていないという証拠だと思う。

「……つくづく敵《かな》わないな」

知基さんが伏し目がちに微笑む。

「え？」

「こんなにも俺の心の中を暴《あば》いてくるなんて、油断も隙もない女だって言ってんだよ」

人差し指でつんと額《ひたい》を突かれる。

私は額《ひたい》に触れながら、じっと知基さんを見た。

彼の横顔は、なんとも言えない笑みを浮かべている。

「もしかして、私……今、言わなくていいことを言いましたか？」

人の心には、たとえ恋人でも踏み込んでほしくない領域がある。私はその場所にずかずかと入ってしまったのかもしれない。

私が怖くなって俯《うつむ》くと、くしゃりと頭を撫《な》でられた。

「バーカ。そんなこと一言も言ってないだろ」

「で、でも。口では言ってなくても心が傷付いた可能性はありますし……」

「俺がそんなナイーブに見えるのか？　そんなわけないよ」

ふふ、と知基さんが笑う。緊張していた私の心は、その笑顔を見ただけでみるみるとほぐれていく。

「今すごく、汐里が好きだなあ〜って思ったんだ」

「ど、どうしてですか？」

私が問いかけると、知基さんは道を歩きながら空を見上げる。

「俺がカッコつけても、つけなくても、聡明な汐里サンは俺のすべてを見抜いてくれる。だから隠しても無駄だし、隠さなくていいんだなって思うと、それはそれで恥《は》ずかしいが同時になんだか嬉しくてさ」

そう言って、知基さんは私を見つめて形の良い目を細めた。

「好きだよ」

「…………！」

ぼん、と音がするくらい、顔が熱くなった。

くっくっと知基さんが笑い出す。

「何度も言ってるのに、まだ照れてるのか。面白いなあ」

「ちっ、違います！　今のは、なんていうか、ふい打ちっていいますかっ」

私は頬の火照《ほて》りを冷ましたくて、ぱたぱたと手であおぐ。

「そういうところも好きだ」

「ひゃ、耳元で囁《ささや》かないでくださいっ！」

「形勢逆転だな」

知基さんが楽しそうに笑っている。反して私はむぅと唇をへの字に曲げた。

……でも、悔しいけどやっぱり、そういうところがたまらなく好き。

まったく。敵《かな》わないのは私のほうだ。

「ああ、見えてきたぞ。あのお菓子屋に行きたかったんだ」

知基さんが街角にある店を指さす。

「なんかオシャレそうなお店ですねえ」

「一度、取引先へのお土産《みやげ》に買ったことがあったんだが、すごく好評だったんだ。その
あとネットで調べてみたら、雑誌で紹介されるくらい人気の洋菓子店らしい。特に焼き
菓子が人気だな」

「へえ、焼き菓子。クッキーとかですか？」

「フィナンシェにガレット、それからクイニーアマンだったかな」

「そこはかとなくオシャレな雰囲気のするお菓子ばかりですね」

何もかもが洗練されている知基さんにお似合いなお菓子だ。

「俺達用にもいくつか包んでもらうか。今日は俺の家に泊まるんだろ。明日一緒に食べよう」

「は、はい。そうですね」

いかにも恋人だから当然！　みたいな顔をしてサラッと言うけど、私はやっぱり顔を熱くさせてしまう。

確かに今日は知基さんのお部屋に泊まる予定だけど、泊まるってことはあんなことやこんなことをするという意味で……

ううう、まだまだ慣れそうにない。知基さんと触れあうのはもちろん好きだし、気持ちいいけど……そ、それとこれとは別なのだと主張したい！

「また顔を赤くさせて。ほんとに可愛いな」

「からかわないでくださいよ～」

「からかってるつもりはないんだけどなあ」

そんな話をしながら店に入る。甘い香りにうっとりしながら、私達はお土産《みやげ》のお菓子と自分達のお菓子を購入した。

そして店を出ると、今度は駅に向かって歩く。

「あー緊張する……。汐里のお父さんに『娘はやらん！』って言われたらどうしよ」

「あはは、大丈夫ですよ。私の両親、私が結婚するって話をしたら跳び上がるほど驚いて、小躍りするほど喜んでましたから」

なんでも両親は、院卒な上にアラサーに片足突っ込んでいる私はおそらく結婚できないだろうと踏んでいたのだ。それなのに私が結婚すると報告したものだから、もう大騒ぎ。お母さんは「よくそんな物好きを捕まえたわね、えらいわよ！」とよくわからない賞賛を私に送り、お父さんは「一生に一度会えるか会えないかの大物だから絶対逃すんじゃないぞ！」と、マグロ漁船の船長みたいなことを言っていた。

でも確かに、知基さんは物好きだし、すごい大物だとも思う。

「……結婚するんですねえ」

私はまた、しみじみと言った。口にすると嬉しさがこみ上げる。結婚したら知基さんとずっと一緒にいられるんだと思うだけで、ニマニマしてしまう。

「ああ。俺を幸せにしてくれるんだろ？　俺も、汐里を幸せにするからな」

ぎゅ、と手を握り合う。

「はいっ！」

私はめいっぱいの笑顔で大きく頷いた。

EB エタニティ文庫

赤面級の愛の言葉攻め！

エタニティ文庫・赤

旦那様、その『溺愛』は契約内ですか？

桔《き》梗《きょう》 楓《かえで》　　装丁イラスト／森原八鹿

文庫本／定価：704円（10％税込）

生活用品メーカーの開発部で働く七《な》菜《な》はある日、鬼上司の鷹沢《たかざわ》から、とんでもない特命任務を授かった。その任務とは、彼と夫婦のように、二ヶ月間一緒に暮らすというもの。戸惑いつつも引き受けた七菜だけれど……彼との暮らしは予想外の優しさと甘さ、そして危険に満ちていて――!?

※エタニティブックスは大人の女性のための恋愛小説レーベルです。ロゴマークの色で性描写の有無を判断することができます（赤・一定以上の性描写あり、ロゼ・性描写あり、白・性描写なし）。

詳しくは公式サイトにてご確認ください。
https://eternity.alphapolis.co.jp

携帯サイトはこちらから！

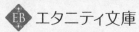

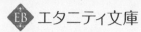

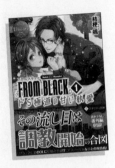

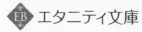

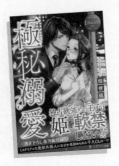

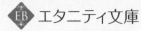

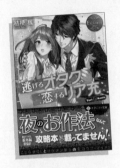

本書は、2020年12月当社より単行本として刊行されたものに、書き下ろしを加えて文庫化したものです。


この作品に対する皆様のご意見・ご感想をお待ちしております。

おハガキ・お手紙は以下の宛先にお送りください。

【宛先】

〒150-6019 東京都渋谷区恵比寿4-20-3 恵比寿ｶﾞｰﾃﾞﾝﾌﾟﾚｲｽﾀﾜｰ 19F
（株）アルファポリス　書籍感想係

メールフォームでのご意見・ご感想は右のＱＲコードから、
あるいは以下のワードで検索をかけてください。

アルファポリス　書籍の感想　検索

ご感想はこちらから

エタニティ文庫

執着心薄《しゅうちゃくしんうす》めのイケメンが改心《かいしん》して、溺甘《できあま》スパダリになった話《はなし》。

桔梗《ききょう》 楓《かえで》

2024年1月15日初版発行

文庫編集－熊澤菜々子
編集長 －倉持真理
発行者 －梶本雄介
発行所 －株式会社アルファポリス
〒150-6019 東京都渋谷区恵比寿4-20-3 恵比寿ｶﾞｰﾃﾞﾝﾌﾟﾚｲｽﾀﾜｰ19F
TEL 03-6277-1601（営業） 03-6277-1602（編集）
URL https://www.alphapolis.co.jp/
発売元－株式会社星雲社（共同出版社・流通責任出版社）
〒112-0005 東京都文京区水道1-3-30
TEL 03-3868-3275
装丁イラスト－黒田うらら
装丁デザイン－ansyyqdesign
印刷－中央精版印刷株式会社

価格はカバーに表示されてあります。

落丁乱丁の場合はアルファポリスまでご連絡ください。

送料は小社負担でお取り替えします。


ISBN978-4-434-33291-3 C0193